FLORET READING

【愿望花店】系列 01

问你可以
不可以

狐桃君 著

贵州出版集团
贵州人民出版社

作者介绍

- 狐桃君 -
HUTAOJUN

小花阅读签约作者

爱生活，爱可乐，是一周最少要买两瓶可乐的可乐狂魔。
喜欢的动物是狐狸，喜欢的花是桃花，
所以取名狐桃君。
还喜欢像石原里美那样可爱的女孩子，
如果你是这样可爱的女孩子，请联系我。

个人作品：《问你可以不可以》

一份来自死神大大的温柔小甜饼

在写《问你可以不可以》之前，为了搜集资料，我在网上找了很多死神的图片来看。

我一边看一边跟小伙伴讨论，觉得图片里的形象和我的男主角人设特别搭，傅筠来就该是这样子的，一身黑不溜秋的黑色斗篷，一看就是个没感情的性冷淡。

看完"男主角"的图片后，我又恶趣味地搜了搜镰刀的图片，不出所料，大多都是灰头土脸的割草镰刀。于是，我便坚定地认为那就是我萌萌的女主角的形象，并且在正文里也真的把她写成了一把割草镰刀。

还有女主角的名字——辜冬，也是我精心取的，读起来特别可爱。

有感受到身为亲妈作者的我，对他们满满的爱吗！

原本我想写一个甜甜甜的死神寻找镰刀的故事，一路轻松到底，结果写着写着有点跑偏，嗯……但我依然觉得这是一个甜甜甜的故事！

我很喜欢这个故事的主角人设，孤独的死神和呆萌的镰刀。

　　他们在死神和镰刀的状态时形影不离，那么在人类的状态时，就该是天生一对。

　　死神注定会找到他的小镰刀，傅筠来注定会和辜冬在一起，不会有第二种可能。

　　故事里的每一个人物，不论是傅筠来、辜冬，还是余衷情、谢子砚，他们选择爱人的方式都不一样。有的是认定了就将其牢牢握在手心里，不管如何都不会有一丝一毫的动摇；有的是为爱洒洒脱脱放手，将其隐藏在心底。还有的，是甘愿逆天改命，做出惊世骇俗的事情来。

　　正是因为他们每个人的选择和性格不一样，所以才决定了这个故事的发展方向。

　　人有很多面，爱也有很多种，除了她们外，世上还有很多种不一样的对爱的表达方式。希望我，还有看到这个故事的你们，都能找到属于自己的正确的表达爱的方式。

　　最后，希望看到这个故事的你们能喜欢这个故事，喜欢里面的每一个角色，喜欢傅筠来也喜欢谢子砚，喜欢辜冬也喜欢余衷情。

　　因为我很爱他们，很爱。

狐桃君

小 花 阅 读
【愿望花店】系列

FLORET
READING
▼

《鹦歌妍舞》

笙歌 著

标签：妖王和舞蹈演员｜多嘴鹦鹉｜建国前都成精了｜全妖族都等着妖王婆媳妇

内容简介：

人类舞蹈演员向妍，初见骆一舟时，觉得他是自己前半生见过的最好看的人。

但第二面，她就给骆一舟打了一个"只可远观"的危险标签。

向妍归国，辗转回到家乡小镇，却发现骆一舟也在镇上诊所当医生，还被外婆撮合跟他之间的关系。

生命中出现一个骆一舟，就像是打开了一道玄幻的大门。

直到有一天，向妍发现，骆一舟是妖王，他的宠物是成了精的鹦鹉……一切开始变得不同。

《问你可以不可以》

狐桃君　著

标签：一把专属小镰刀|引路者大人今天也不高兴|没有过去|预知未来

内容简介：

"你打算怎么赔偿我？"傅筠来抬眼似笑非笑地看着她。

辜冬暗暗吐槽：你莫名其妙用我割草，还问我怎么赔偿？还有没有天理？我不是威风凛凛的狩猎镰刀吗？

傅筠来啧一声，苍白的嘴角微微向上扬："你本就是我的镰刀，我用你割草不行吗？不是物尽其用吗？"

辜冬呆愣愣地想：你知道我在想什么？

傅筠来抬手敲了她一记，慢条斯理地说："当然。"

辜冬崩溃：到底什么时候才会彻底恢复过来，当一把不能说话不能动的镰刀好憋屈！！！！

《遇见他的那间花店》

江小鸟　著

标签：花店不卖花|搞不清楚自己到底是个什么妖|客人，这个真的不可以

内容简介：

洛浮经营着一家交易魂灵与愿望的花店，走进店里的人都有着各自的执念。

她从未想过自己的店里有一天会来一个干干净净，什么味道也没有的客人，而且客人还一口咬定，说是来相亲的！

更让她没想到的是，沐辰其实是个除妖人，根本就是为了寻灵根而来。

沐辰表示：灵根是我家的，你既然离不得它，那么，你这辈子也没办法离开我了。

洛浮：？？？？

《珍珠恋人》
山风　著

标签：一串神秘的珍珠项链｜灵异事件｜阴谋爱情

内容简介：

甄辞夏在海边卖了十几年珍珠了，五岁的时候就学会怎么坑蒙拐骗。
没想到一时疏忽，马失前蹄，败给了一个叫作纪浔的神秘男人。
而纪浔的出现，也唤醒了她身上沉睡的秘密。

无法摘下的珍珠项链。在每个月圆之夜发出诡异的光。在纪浔的帮助下，甄
辞夏得到了这串项链上的神秘力量。
也因此被珍珠召唤出来的亡灵恶鬼不断地拉入灵异案件。

- -

《追不上的星光》
靳山　著

标签：世袭守灵少女｜怪物少年｜古老的使命与不死的爱

内容简介：

"我们族人一直守在这片土地上，即便身躯倒下，还有灵魂不灭。"
"你守着这一亩三分地，我守着你。"
"你能陪我多久呢？"
"直到我倒下，还有灵魂不灭，永远爱你。"

乔今的族人背负着古老的使命，世世代代守护着汀疆谷，她为此而生。她以
为自己会和父辈一样平静又寂寥地度过一生，却在校园里遇见了怪物一般的
李宵行。
他没有睡眠，他嗜血为生，他的生命漫长没有尽头。

你若只有一生一世
我便弃了永生永世
陪你一生一世

目 录

楔 子 · · · · · 001
那是一把只属于我的小镰刀

第一章 · · · · · · 007
"不招。"身后一把低哑而清冷的嗓音简单地回复了她。

第二章 · · · · · 017
给你一个仰慕我的机会。

第三章 · · · · · 028
她一直想知道自己到底是谁,又到底心系着谁。

第四章 · · · · · 039
他绷紧的下巴和微抖的眼尾,透露出他隐隐压抑的不爽。

第五章 · · · · · 052
眼前的辜冬不再是一把镰刀,而是一个活生生的人。

第六章 · · · · · · 064
这是一种潜意识,与生俱来的能力,随着她的反复练习而渐渐显露出来。

第七章 · · · · · 076
哎——怎么办?我好像……喜欢上一个人了。

第八章 · · · · · 089
傅筠来是她的任课老师,她该认清现实,不该抱有可笑的温情想法。

第九章 · · · · · 102
同情心?那是什么东西?

第十章 · · · · · 113
这次,我会抓紧你。

第十一章 · · · · 127
他俯首,轻轻吻了一下她的额头。

目录

第十二章 · · · · · 138
左右你已经欠我很多了，我这个人还是有那么点包容心的。

第十三章 · · · · · 149
对你一见钟情？

第十四章 · · · · · 157
我和她之间，从来就没有不合适，从前没有，以后更不会有。

第十五章 · · · · · 166
他……他是很重要的人。

第十六章 · · · · · 177
左右没有人心疼我，我想心疼心疼自己可以吗？

第十七章 · · · · · 188
这是短期内进步的唯一办法！

第十八章 · · · · · 199
都过去二十年了，还是没能习惯，自己早已没有了镰刀。

第十九章 · · · · · 210
你还有下一世，下下世，总会有一世，你会愿意回到我身边。

第二十章 · · · · · 222
你只有一生一世，我就索性弃了永生永世，陪你一生一世。

番外一 · · · · · 234
毕业季

番外二 · · · · · 240
问你，可以不可以

|楔子|

那是一把只属于我的小镰刀

零点时分。

弯月高悬，万籁俱寂。

凛冽的寒风中，一道身着宽大黑色斗篷的身影在莹白月光的笼罩之下，手持一柄高及头顶的银色镰刀自屋顶轻飘飘地掠过，很快，他便隐入一栋看起来毫不起眼的居民楼里。

不过须臾，那道身影就从居民楼里穿墙而出。

他悬浮于空，手中长柄镰刀的刀锋处还残留着点点荧光，那是刚刚勾取过灵魂的痕迹。

屋子里的老人刚刚离世，老人一生清白且是寿终正寝，所以勾魂的过程很是顺利，并未受到什么阻拦。

"小镰刀，干得不错。"黑斗篷男子嗓音微哑，带着不易察觉的邪气。

傲娇的小镰刀在夜色下寒光闪了闪，以示回应。

那当然咯！小镰刀想。

黑斗篷男子轻轻笑了笑，眼底划过极淡的笑意，他更紧地握住镰刀，消失在夜色之中。

他本没有名字，世人却赋予他称号。

有人说他是勾魂的死神，有人说他的出现就意味着不祥和死亡。

他的身份只存在于恐怖故事和古老传说之中，是隐晦神秘的，从来没有人真正察觉过他的存在。

他是孤独的引路者，他的职责，是替黑夜中离世的灵魂引路。

不论那些灵魂生前曾做过什么，为善或作恶，是自然死亡抑或是被害身亡，都需一一将他们的前尘往事涤荡干净，让其以纯白之体顺利进入轮回。

一整夜的奔波步入尾声，天色将明，太阳的能量将替代他在白天行使涤污引路的职责。

黑斗篷男子双手抱胸立于某棵枝叶繁茂的树枝上，宽大的斗篷完全遮盖了他的眉眼，没有人知道斗篷下的他到底是何模样，包括日日陪在他身边的小镰刀也不知道。

但不否认，它好奇得很。

大概……斗篷下是一具干枯易碎的千年老骷髅吧？

"啧……"他叹息一声，黑色的斗篷在风中舒展开，被吹得猎猎作响，"又是无聊的一晚。"

　　小镰刀被它的主人随随便便倚在树干上，陪着他看地平线一点点亮起的微光。

　　又是充实的一晚哪……小镰刀想。

　　他斜睨了小镰刀一眼，嫌弃地说道："你什么时候思想能不这么简单？"

　　小镰刀无辜地表示它不能说话。

　　"乖，我知道你能自主思考。"他漫不经心道。

　　小镰刀的眼睛谄媚地亮了亮——哦，如果它有眼睛的话，主人终于肯承认它是一把聪明机智的镰刀了！

　　却听见它一贯毒舌的主人继续说："毕竟是我的镰刀嘛，有个这么厉害的主人，他的镰刀又能弱到哪里去？"

　　泄气的小镰刀腹诽，自恋！

　　他笑笑，重新将小镰刀揽入怀里，一下一下抚摸着它的刀刃，丝毫不在意自己会被寒气割伤，语气罕见的温和。这温和的语气让小镰刀一下子警惕起来，这触摸也让它不寒而栗。

　　"左右日子无聊得紧，如果你听话的话，下次还带你去割草玩，嗯？开不开心？"他慢条斯理地说。

　　就知道！果然不是什么好事！小镰刀气哼哼想：喂喂喂！谁想去割草啊！我可是威风凛凛勾魂涤污的狩猎镰刀哎！才不是割麦子的农具！明明是为了你自己开心吧！

　　此番心理动作被他理所应当地无视了。

　　"嗯，既然不说话就当你默认了。"

　　委屈的小镰刀："……"

在太阳即将跃出地平线的那一刻，黑斗篷男子施施然收回目光，拎着小镰刀轻飘飘地腾空而起。

"好了，收工。"

气温一点一点地回升，连带着那股寒风也带了些融融暖意。小镰刀能感觉到自己引以为傲的漂亮刀柄被主人紧紧握在手里，隔着主人黑色的手套仿佛还能感觉到他手指的温度。

小镰刀忍不住刀脸红了一红，偷偷看了看自己主人被黑斗篷上巨大兜帽严严实实遮掩住的侧脸，不禁想，如果能一直待在主人身边安安静静地陪着他，好像也不错。

就算他真的是干枯易碎的千年老骷髅也没关系。

黑斗篷男子注意到小镰刀的分神，再次睨了它一眼，哑着嗓子短促一笑："怎么，又在胡思乱想什么？千年老骷髅？"

小镰刀脸又红了一红，辩解道：才没有胡思乱想，明明是在想很正经的事情。

"唔，的确很正经。"他慢吞吞地应道。

此时此刻，气氛莫名有些美好，小镰刀突然回想起主人曾给它读过的睡前故事，冒出些少女怀春的心思来，自己这么可爱，如果某一天坏掉了，或者被弄丢了，主人肯定会舍不得自己的吧。

黑斗篷男子薄唇扬了扬，冷冰冰道："没什么舍得舍不得的。"

哈？小镰刀僵住了，感觉自己刀刃卡壳了。

"你总会有坏掉不能使用的一天，而我也终有一日会彻底消散，所谓的感情只是廉价之物，所以，没什么舍得舍不得的。"他重复。

小镰刀知道，他说的是实话，他从不撒谎，也没有必要撒谎。

他见惯了生生死死，根本就不在意这些虚无的感情。

明知道是这样的理由，小镰刀还是委屈又不甘，它已经开始依赖自己不是很温柔的主人了。

它赌气般用足了力道，试图从主人手里挣脱出来，不知是它力气真的很大，还是黑斗篷男子有意放了手，它居然真的脱手而出，失去了支撑的它还未来得及反应就直直坠了下去。

小镰刀彻底蒙了，它本以为主人会握紧自己，然后耐着性子哄一哄自己的。

毕竟……自己是漫长的余生里，唯一时刻陪伴在他左右的存在呀……

坠下的那一刻，小镰刀刀刃上一整晚勾取的莹白灵魂纷纷自尖端溢出，不由自主地飘入了黑斗篷男子的宽大衣袖里。

引路者与镰刀本就是相互依存互不分离的。

镰刀负责预知死亡，涤荡污秽，而他则负责指引灵魂前行的方向。

原本，这种种能力通通归属引路者一人所有，只是，时光太过漫长，千年，万年，他已经寂寞太久太久了，这才分离了自己的能力出来。

小镰刀突然的剧烈震动让黑斗篷男子出现了一瞬的愣怔，他毫无防备地松开了手，这才眼睁睁看着它坠落。银色的镰刀在空中划出一道漂亮的弧度，不过须臾便消失在了视线尽头。

沉默了几秒，他压抑住恼怒，冷笑一声，拂了拂衣袖，若无其事地继续前行。

这把镰刀再称手又如何？虽然有些可惜这两百多年里在它身上倾注的心血，但既然它这么呆这么任性，不懂揣摩他的心思，一点也不合他的心意，丢了就丢了，大不了再花个五十上百年重新打造一把新的镰刀。

烦躁的思索之际，一缕明亮的光已经毫不留情地投射在黑色斗篷的一角，很快就在上面燃出一个洞，灼热疼痛感飞快蔓延开来，他这才意识到他已经停滞在了阳光之下。

时辰已到，而他与光明水火不容。

黑斗篷男子回过神，无法无视这股千百年来从未感受过的疼痛，终究还是停了下来，无奈地弯了弯嘴角嗤笑一声。

算了，看在它这么蠢的分上，还是把它捡回来吧。

毕竟，那是一把只属于我的小镰刀。

|第一章|

"不招。"身后一把低哑而清冷的嗓音简
单地回复了她。

晚上十一点整，同寝的室友已经进入了梦乡。

辜冬数着室友们渐渐平缓的呼吸声，小心翼翼地翻身起来，套上外套裹上围巾后轻手轻脚掩上门，驾轻就熟地从二楼走廊尽头的小阳台上翻身而出。

落地的时候，一楼隔音很差的房间里，宿管阿姨翻身嘟囔了一句梦话，吓得辜冬没及时控制好力度，踉跄了一下。

好在，宿管阿姨并没有醒。

辜冬偷偷摸摸到达约定地点时，开完会从公司赶过来的谢子砚已经在寒风中等她了。他身量修长，天生一副模特架子，等人也被他等得像在拍画报。

注意到辜冬的出现，本慵懒地倚靠在车上抽烟的他站直身子，弯唇调侃道："小咕咚，怎么这么晚才来？我一个忙得四脚朝天的大老板都比你到得早。"

辜冬朝他的方向小步跑过来，嘴角抽搐了一下："得了吧，我可没让你来，说了我自己可以一个人去。"她想了想，"还有！谁允许你给我起这么肉麻的外号了？"

小咕咚？她忍不住一阵恶寒。

谢子砚早习惯了辜冬对自己的嫌弃，笑笑："反正闲得无聊呗。"

"哎？刚才是谁说忙得四脚朝天的？"

辜冬上了车，接触到车内温暖的暖气，这才渐渐平缓了呼吸。

她不是第一次深夜偷偷溜出来，本意是不想将室友牵扯进来，如若她们知道了自己经常深夜外出，肯定会问东问西。她从小就是大家口中的不祥之人，现在她已经明白，唯有隐藏自己的能力才是最好的。

如果不是无意中和谢子砚泄了底，说自己今晚要出去，她说什么也不会让他跟着来。

"对了。"谢子砚突然开口。

"什么？"辜冬还没缓过神来。

他突然打开他那边的车窗，寒风一下子灌进来，冻得辜冬一个哆嗦。他朝窗外丢了烟蒂，这才重新关上车窗，垂着眼慢慢悠悠说："你上次说，我会什么时候死来着？"

辜冬一下子愣住了，心凉了凉，老半天她才僵硬地强笑两声："我开玩笑呢，你别信我的胡说八道。"

话虽如此，她飞快地瞟了谢子砚一眼，他周身有一道极浅的淡红色微光，以普通人的肉眼无法看到，只有她才能看到，这是将死之兆，虽然不知道缘由，但他最多还有半年的寿命。

只剩半年哪……

辜冬眼睛眨了眨，有些难过，她逼迫自己不要继续想这个问题，人的生死不由她掌控，不由任何人掌控，没有谁会愿意知道自己什么时候会死，这只会是徒增压力罢了，她也曾因随意透露生死而吃过不少苦头，现在，她很清楚，能提前预知生死已经是恩赐，唯有珍惜好接下来的时光。

"是吗？"

谢子砚语气淡下来，也不知道信了这个说辞没有，总之他不再继续这个话题。

"这么晚，你到底要去哪儿？这么神神秘秘的。"谢子砚转移话头。

"哎，谢子砚，你有没有听说省图书馆最近发生的闹鬼事件？"辜冬兴致勃勃地说。

到达省图书馆附近时，已经接近零点了，街道上行人车辆已经很少了，而图书馆的大门紧闭着，除了一楼门卫室坚挺地亮着灯外，整栋楼都黑漆漆的，而他们的位置正好能将整栋楼尽收眼底。

辜冬趴在车窗上，没打算下车，而是绷紧了神经，谨慎地打量。

她不是没有想过撬锁或者翻窗进去，却又担心会惊扰了那只"鬼"，毕竟嘛，还没有摸清楚是"女鬼"还是"男鬼"，是"好鬼"还是"恶鬼"。

万一是只"色鬼",她不就吃亏了?

谢子砚看她这副忧心忡忡的样子,有些好笑:"你到底是从哪儿听来的消息?闹鬼?你要真想去探险,我可以带你去全世界知名的鬼屋,保准比图书馆刺激。"

"嘘!"

辜冬做了一个噤声的动作,老半天才小声回复:"各种论坛,小道新闻,只要想知道,自然能知道咯。这世界上猎奇的人还是很多的。还有啊,你不要天天显摆自己有钱好不好?我对全世界知名的鬼屋才没有兴趣。"

辜冬自知道自己的能力起,就一直对发生在这个世界的神秘事件很是关注,即便最后知道了只是恶作剧,她也断不能坐视不理。

上天既然将这能力砸到她头上,肯定是有原因的。

更何况,这次的闹鬼事件被说得煞有介事,论坛帖子里不少人都声称在深夜经过这里时亲眼看到过。辜冬暗自推测,图书馆这种收藏了大量古籍的地方,酝酿出几只书灵来也不是不可能……

谢子砚见她这么专注,也循着她的视线打量:"说起来,当初建这家图书馆时,我家投了不少资,如果真有闹鬼这种事,倒不失为一种营销手段。"

辜冬转头翻翻白眼,无语道:"万恶的资本家就知道赚钱!"

谢子砚挑挑眉不置可否,顿了几秒,他扬起嘴角,突然指了指辜冬的身后:"喏,小咕咚,那是不是你要找的鬼?"

辜冬一惊,飞快地回过头:"哪里?哪里?"

图书馆依然很安静地矗立着,什么异样也没有。

辜冬有些无奈，再度回头看着谢子砚玩笑得逞的恶劣笑容，不满地吐槽："都什么时候了，你能不能正经一点？"

谢子砚将双手搭在后脑勺，阖上眼睛："好好好，小咕咚你继续找，我不打扰你。"

辜冬也不再继续搭理他，眼睛骨碌骨碌到处转，生怕错过了任何一丝风吹草动。

就这样……过去了一个小时……

辜冬由双目炯炯有神到视线模糊不清，她兴致缺缺地打了个哈欠，推了一把谢子砚。

"要不，咱们还是先回去吧？已经这么晚了。"

谢子砚眼睛掀开一条缝，笑道："不打算找鬼了？"

辜冬摇摇头，振振有词："不是我不愿意坚持，而是鬼太懒惰了，都这么晚了，它还不肯出来溜达，太不负责任了，怎么对得住辛辛苦苦在寒风中蹲守它的我？"

谢子砚哭笑不得，只觉得这姑娘一会儿一个主意，没个准。他拍了拍辜冬的脑袋，柔声道："系上安全带。"

辜冬乖乖低头系上安全带，在车子开动的瞬间最后一次往图书馆的方向扫了一眼，她的余光突然看到些什么，瞬间打了个寒战，哆哆嗦嗦的声音里带了些毛骨悚然的味道："哎……谢子砚，你有没有看到图书馆顶楼闪、闪过一道黑影？"

次日恰好是周末，辜冬起了个大早，纵使谢子砚在送她回学校途中，千叮咛万嘱咐让她少管这些古古怪怪的事情，她还是选择独自一人来到了省图书馆，打算查清楚那"鬼"究竟是什么。

昨天虽然仅仅是模模糊糊的一眼，但也让她生出些不安和兴奋的感觉来，那"鬼"和她往日所感受到的普通人类的力量完全不同，强大而神秘，让她不由自主生出恐惧感和……莫名的熟悉感。

自然不可能是人类的灵魂，也就是传言中的"鬼"。

说不定，和她之间，有着某种联系。

辜冬大学读的是历史学，以前时不时也会到图书馆来借阅古籍查资料，所以对这里面的布局很是熟悉。白天和黑夜不同，白天的图书馆是对外开放的，开放时间是上午九点到下午四点。

她驾轻就熟地找到面熟的女负责人，礼貌地直奔主题："姐姐，请问你们这里招不招人？"

女负责人怔了怔，并未立即回复她。

辜冬忙不迭接着说："我什么都可以干，图书分类，清洁打扫都可以，英文翻译也行，如果需要巡逻的保镖，我也能做到。"她笑颜无辜甜美，语速虽急促却并没有给人压迫感，"我每天晚上都有时间，周末也有时间，如果还不行的话，我不用上课的时候都可以过来的。"

那负责人有些无奈地看着她，踌躇道："辜小姐，不好意思，招聘这种事情要问我们馆长。"

辜冬笑眼弯弯："没关系，我可以等的。你们馆长今天上班吗？"

"不招。"

身后一把低哑而清冷的嗓音简单地回复了她。

"傅教授。"女负责人调整了下站姿,朝辜冬身后喊。

辜冬惊讶地回头。

身后一个颀长的身影朝她的方向走来,他一身简单的浅色大衣,脸色苍白,莫名带着些矜贵禁欲的味道。他面容儒雅斯文却偏偏透着一股若有似无的邪气。他眼形狭长眼神冰冷,只随意扫了辜冬一眼,就让她没来由地打了个寒战。

辜冬并未过多注意那人惊艳的容貌,而是突然浑身僵硬,手指也微微发抖起来。

她自出生起就存在的神秘能力,除了预知死亡外,还能辨别简单的善恶,人一旦做了恶事,浑身气息也会随之改变,从原本的莹白渐渐变深变黑。

而眼前这人却让她完全无法看透。

他周身弥漫着一层透明的雾气,非黑也非白,是她从未见过的状态。

与此同时,那人也冷冰冰地扫了辜冬一眼,她看起来软萌萌的,红色的围巾几乎要将她的整张脸包裹住,只露出一双水润润黑漆漆的杏仁眼睛,像早春流淌过山涧的泉水般清澈,一看就是一个涉世不深的小姑娘,但对他而言,毫无记忆点。而目光接触的那一刹那,那个小姑娘眼神躲了躲。

那人视若无物般收回目光,将手中一沓宣传册递到女负责人手里,简洁明了地说:"将它发了。"

"好的,傅教授。"女负责人柔柔应声。

被称为傅教授的那个男人随意颔首,不再搭理她们。

等他走远了，女负责人才小声向辜冬介绍道："这是我们馆新任馆长傅筠来，你可以称呼他为傅教授。"

"新任馆长？"

辜冬怔怔看着他的背影疑惑："为什么不是称他为傅馆长，而要称为傅教授？"

那女负责人顿了顿，面上浮起一丝可疑的红晕："因为他喜欢。"

辜冬噎了噎："……好有道理。"

看着女负责人按傅筠来的嘱咐急急忙忙去忙活了，辜冬只好往楼上走。

"看起来……是个古怪的人哪……"辜冬喃喃着得出结论。

虽然没能如愿留下来兼职，但辜冬并没打算气馁，她上了四楼阅览室，找了处熟悉的靠窗的桌子坐下，一边看书一边消磨时光。

刚刚坐下，她就给好友余衷情发了条短信，让她今天不用等自己吃饭了。

余衷情的回复短信很快，依然是简明扼要的一个字："好。"并没有多问她原因。

辜冬松了一口气，将手机设置为静音，没有负担地继续看书打发时间。

时间匆匆流逝，辜冬就在图书馆里消磨到了下午四点，里头的人陆陆续续离开了，她也慢吞吞合上一页都没看的书。

昨夜她就是看到那"鬼"从四楼阅览室的位置"飘"到了屋顶，

可整个阅览室她都一一仔细看过了，并没有所谓"书灵"的痕迹，大概，这些书还没老到能酝酿出书灵吧。

既然白天没有任何异样，那只好继续晚上蹲点了。

还有，她顿了顿，那个新来的馆长看起来也神秘得很，他真的会是她认知中的纯黑的、罪大恶极的人吗？

她磨磨蹭蹭地下了楼，眼帘里正好映入傅筠来和那个女负责人的身影，远远看过去，傅筠来好像在训斥那位女负责人——她的眼睛看起来红通通的。

没说几句，傅筠来就面无表情地转身离开了，他在经过辜冬时目不斜视，径直擦身而过上了楼。

辜冬哼了一声，对他的印象又贬低了几分。

辜冬几步跑上去将口袋里的纸巾递给那个女负责人，关切地问："姐姐你还好吧？"

女负责人感激地接过纸巾擦拭了下眼角："没关系，辜小姐你去忙吧，闭馆时间到了。"

辜冬见她看起来垂头丧气的，同仇敌忾般骂了句："傅教授真是不留情面，对女孩子都这么凶巴巴的，一点都不温柔！"

"啊？傅教授怎么了？"女负责人有些没明白辜冬的意思。

辜冬狐疑："傅教授他不是在……"她想了一个委婉的词，"批评你吗？"

女负责人有些意外她为什么把傅筠来想成这样，否认道："不是啊，傅教授虽然脾气不太好，但从不批评我们。"

他只会选择直接开除我们。女负责人在心底补充。

看辜冬半信半疑，她只好解释："我是眼疾犯了，没有大碍的。"

辜冬明白了："所以傅教授刚才是在安慰你咯？"

女负责人又否认："不是，傅教授让我有病就去治，不要惊吓到别人。"

辜冬："……"

看来，是个没人情味的家伙啊！

"好了，多谢你辜小姐。"女负责人将纸巾丢入垃圾桶里，"时间不早了，我也该下班了。"

辜冬指了指刚刚上楼的傅筠来，随口问："傅教授不下班吗？馆里这么忙啊？"

女负责人摇摇头："傅教授住在图书馆里。"

"哦，这样啊。"

注视着女负责人去里间的办公室收拾东西，辜冬的眉头渐渐拧成一团，她情不自禁地回头看了一眼傅筠来上楼的方向。

这才转身若有所思地离开。

|第二章|

给你一个仰慕我的机会。

如果上天可以给她选择的话，辜冬希望自己的能力是隐身，到哪里都可以畅通无阻，又或者是点石成金，坐拥金山，一辈子就不用发愁了。

可偏偏她没得选择。

在这种情况下，她别无他法——

等图书馆里最后打扫卫生的清洁阿姨也离开了，辜冬才慢吞吞地起身，她又冷又饿，捏了捏酸痛的大腿，自待维修的卫生间里走出来。

天色已经完全暗下来，整个图书馆静悄悄的没有点灯，陷入一片漆黑之中，看起来阴森森的。

奇怪的是，按那位女负责人的说法，傅筠来明明住在图书馆，走廊上却连盏灯都没点，他难道都不出来上厕所的吗？他的房间又在哪里呢？他喜欢摸黑生活？实在是不合常理。

他身上有着太多古怪的疑点，但目前辜冬并不太在意他，她来这里，是有更重要的事情的。

虽然她今晚的蹲守吉凶未卜，但她却有着非来不可的理由。

对，非来不可。

已经是晚上十点了，"鬼"还没有再度现身的意思，如果"鬼"出现，这么近的距离，她不可能察觉不到。

辜冬抱膝蜷缩在四楼阅览室角落的桌子底下，只有旁边落地窗外有些许月光透进来，她迷迷糊糊打着盹儿，但下一秒，她突然被门外传来的轻微响动彻底惊醒——门"吱嘎"一声响，又被轻轻掩上。

紧接着，她的余光自身后的大片落地窗里看到一点微小的倒影，是一盏油灯，闪着幽幽的橙色亮光，灯光摇摇晃晃闪烁之间，隐隐能看到提灯那人线条流畅的精致下颌轮廓。

在空荡荡的图书馆里突然有人出现，委实吓人得紧。

辜冬咽了咽口水，却并没有害怕。大晚上的，偌大的图书馆，除了住在这里的傅筠来还能有谁？

只是他大晚上来这里做什么？看书？梦游？还是别有图谋？

辜冬无暇多想，浑身注意力都凝聚到傅筠来的动作上，只听见那轻轻摇曳的灯光慢吞吞地走到她藏身的桌子旁边，停了停。

辜冬盯着落地窗里的灯光，心脏几乎都要跳出来，但好在，他很快就继续往前走，不过须臾，那盏灯光就消失不见了，大概傅筠来是走去书架那边了。

辜冬松口气，小范围地活动了下稍显僵硬的身体，打算趁他走远时转移一下位置，没想到，刚刚探出半个头来，面前骤然出现傅筠来的脸。

辜冬呼吸骤停，轻轻惊呼一声，眼睛也瞪得老圆。

傅筠来一身宽松的黑色睡袍，因为蹲下来的动作，半截如玉的胸膛自衣领处露出来，他看起来好像并不在意。

他微微俯首，不急不缓地用火机重新燃起被风吹灭的油灯，抬到与辜冬平行的位置上，冷静地抬眼就着灯光仔细端详辜冬的脸。

他们之间距离很近，近到辜冬觉得自己可以数清他的睫毛，是让她羡慕的长度。

除了谢子砚那个无赖，她还从没有这么近距离和一个男人对视过，辜冬的脸不禁红了一红。

"给你三句话解释为什么会在这里。"他嗓音微哑，眼底一派波澜不惊，好似早就发现了辜冬的存在。

"你怎么会知道我在这里？"辜冬惊魂未定地捂住胸口反问他。

"两句。"

"我不是小偷！"辜冬急急忙忙解释。

"一句。"傅筠来不为所动。

他的眉头突然隐忍地蹙了蹙，手指朝睡袍口袋的方向伸过去，看样子打算掏手机报警。

辜冬急了，眼疾手快地按住他的手："哎，别，其实我、其实我是因为仰慕傅教授的才华，却一直苦于没有机会与傅教授接触，这才出此下策躲在图书馆里……现在能亲眼见到傅教授，我已经很满足了，您放心，我这就离开！不会过多纠缠您的！"

馆里明明暖气很足，但傅筠来的手指却一片冰凉，冷得辜冬颤了颤，她默默将手缩了回来。

"哦？仰慕我？"他单手摸了摸下巴，似笑非笑，尾音微微向上扬。

"是的。"辜冬无比真诚地点点头，油灯里的一点火光倒映在她的眼里，越发一副楚楚可怜、人畜无害的样子。

傅筠来收回目光，好像很满意这个回答，他没有再质疑，将油灯移开了些许，扶着桌子起身。

辜冬人在屋檐下不得不低头，也乖乖自桌子底下钻出来，傅筠来身量很高，站在一旁足足高出辜冬一个头，不得不说，她很不喜欢这种身高差。

"学生？"他低眼瞧着她。

辜冬点头。

"哪个学校？"他平静地问。

辜冬老老实实告诉了他，说完才反应过来，自己干吗这么实在，他问什么自己就告诉他吗？

"傅教授你问这么仔细干吗？"她又小心谨慎地问道。

"你以为呢？去你学校举报你？"他眉梢微微一跳，睨她一眼。

"哈哈哈，傅教授真会开玩笑。"辜冬干笑。

"给你一个仰慕我的机会。"他唇畔微微向上扬了扬，带着点迷人的邪气。

"啊？"

辜冬云里雾里压根没明白他是什么意思，他却丝毫没解释的打算，她只好悻悻作罢。

他们走至阅览室门口，傅筠来停住脚步，睨她一眼，态度散漫，一副送客的样子。

刚刚踏出一步，辜冬却踌躇了，自己好不容易才避开保安的层层巡视在这里待了这么久，现在已经快到零点了，说不定那"鬼"马上就要现身了，现在要她就这么放弃实在有些不甘心。

"怎么，还需要我送？"傅筠来轻轻地扬眉，唇畔边含着傲慢的笑。

"不不不，不用，我只是在思考用哪只脚迈下楼梯。"辜冬说，试图用玩笑缓解气氛。

"你可以双脚并用。"傅筠来不咸不淡地说。

辜冬无奈，这人油盐不进，笑点极高，她是再没有办法拖延了，她眼珠子骨碌骨碌转了转，问道："对了，傅教授，你怎么会知道我蹲在桌子下？"

傅筠来淡淡打量她一眼，语气居然有些嫌弃："下次别再戴这么明显的红围巾了。"

他对整个图书馆无比熟悉，眼神也很好。巡视的门卫可能发现不了，但他在照例晒月光休养时，在楼下远远一眼，就清清楚楚地透过四楼落地窗看到了一个红色身影一闪而过，他本没打算亲自上来，照例直接让门卫报警处理就好，却因着这抹红色让他莫名地回想起上午那双水润漆黑的眼睛，那双眼睛对他而言，有种奇异的熟悉感。

那种无辜卖蠢的熟悉感和某个曾与他亲密无间，让他又喜又厌的存在重合到了一起。

仔细算算，那该死的小镰刀，居然消失不见长达二十年了。

而他，居然也足足找了它二十年。

真的是时光对他而言太漫长了吗，闲到由漫不经心地寻找到非要找到它不可。

辜冬讪讪笑："是嘛……原来是它暴露了我……"

"它……"话说到一半，傅筠来突然脸色一变，背脊微弯冷汗涔涔，手中的油灯也跌落在地，骨碌骨碌滚到了阅览室深处，灯灭了，四周骤然陷入一片黑暗中。

失了暖橘色的灯光，辜冬这才恍恍惚惚就着一点点自窗口倾洒而入的月光，注意到傅筠来不止脸色苍白，嘴唇也泛白得厉害，一副病弱的样子。

辜冬被他这副样子吓了一跳，紧张地问："傅教授，您还好吧？需不需要我送您去医院？"

傅筠来抿唇压抑了好一阵，才稍显不耐烦地推开辜冬的手，冷淡道："不用，已经习惯了。"他手指抖得厉害，却还是自口袋里摸出一瓶药，随便塞了两颗到嘴里。

那药的效果好像很好，他的呼吸渐渐平复下来，眉头也舒展开。

"哦。"被拂了好意，辜冬撇撇嘴，"那我走了。"

"等等。"

"嗯？"

傅筠来指一指滚远了的油灯，气息虽紊乱却理所当然地指使道："把灯捡回来，我没力气去找。"

辜冬："……哦。"

　　她不禁在心底腹诽：你就不知道直接开灯吗！就这么舍不得一点点电费？非得点着盏光弱又容易灭的油灯，玩复古 Cosplay 吗？真小气！小气小气！

　　虽然诸多不满，但她还是乖乖去捡灯了。嗯，她大概有受虐倾向。

　　待辜冬走远几步后，傅筠来才隐忍地捂住额头，明明离零点还有一段时间，却有电流感密密匝匝地缠绕住他的大脑，一下一下往里头钻，让他险些控制不住自己为摆脱疼痛而立刻恢复原形。

　　毕竟，他的能力只够他在太阳升起的那一刻到零点之间的这段时间内，脱离黑斗篷维持人形。为了能与阳光共存，他付出了不少代价，所以尽量深居简出，尤其是黑夜降临至零点的任何一点强光都对他是伤害。

　　人类状态下的他已经身体衰败得很厉害了，为了找回那把不听话的镰刀他可谓付出了不少。

　　良久，他的身体虚了虚，引路者与生俱来的能力注入一丝至身体里缓解疼痛，这能力带来的某种喷薄而来的熟悉感促使他猛地侧头看向辜冬的方向。

　　"原来是你……"他哑着嗓子喃喃了一句，声音不辨悲喜。

　　那头辜冬蹲在地上，摸着黑，辛辛苦苦地将滚到书架底下的油灯捡回来，她尚未起身，一种熟悉的感觉便蔓及她的全身，近在咫尺。

　　和昨晚见到那"鬼"时的感觉一模一样。

　　她猛地回头，却只看到傅筠来孤零零的身影，他依然保持着那副姿势倚在门上，而那奇异的熟悉感也飞快地烟消云散。

"打火机。"

辜冬提着灯停在傅筠来跟前，朝他伸手。

傅筠来狭长精致的眼睛眯了眯，若有所思道："口袋里。"

他口气和刚才有些不一样，辜冬说不上来，又狐疑地看着他。他眼神并没有变化，还是波澜不惊的样子，注意到她的犹豫，他甚至有些不耐烦。

"我手臂没有力气。"傅筠来说，把刚才自己从口袋里拿药这回事当没发生过一样。

辜冬顿了顿，也不再扭捏，人家都不在意，她在意什么，于是便径直伸手到他睡袍口袋里掏出打火机点油灯。

油灯重新燃起后，辜冬将灯递到傅筠来手里。

"那傅教授，如果没事的话我就先走了……"她说。

"谁准你走了？"傅筠来语气淡淡。

辜冬惊讶地抬眸看他："你刚刚不是说……"

"不是说要送我去医院吗？"他打断辜冬。

"你不是说不用吗？"辜冬愣住。

"如果不是因为你突然出现在这里，惊扰到我，我怎么会犯病？"傅筠来不紧不慢地说。

突然被理直气壮地甩锅，辜冬有些反应不过来，老半天才颤巍巍地指着他，悲愤道："明明是你突然出现在我面前吓了我一跳，而且话说回来，你早就知道我躲在桌子底下，是故意在那儿出现的，我怎么可能会吓到你？你分明是想碰瓷吧！"

傅筠来低头单手理了理黑色睡袍的衣领，漫不经心地轻笑："所以你的意思是想去警察局走一趟？深夜闯图书馆，嗯？"

他的语气里明显有危险的意味。

辜冬马上服了软，换上讨好的笑脸："啊哈，傅教授我开玩笑的，我这就打急救电话！"

"不用。"

"哎？"

辜冬以为他放弃折磨自己，感恩的笑脸才扬起一半，就听到他的后半句话——

"我坐不惯救护车。"

绝望的辜冬："……"

她"啪"的一声打开了灯，嘀咕道："身体不舒服就不要总提着盏油灯了，容易灭，要是再灭了怎么办？要是病犯了再脱手掉了怎么办？"

白炽灯亮得厉害，傅筠来不适地伸手挡了挡光，却没有说什么。

辜冬在傅筠来冷淡的表情里讨好地冲他笑笑，主动提着他的灯，等他去房间换了衣服出来才凑过去搀扶住他。

而傅筠来也没有拒绝，理所当然地接受着辜冬的示好。

"对了，傅教授，你有没有听说过一桩传闻？"辜冬故作好奇地问。

"什么传闻？"

辜冬屏息打量傅筠来的神色："我也是从网上看到的，好几个人都说过，这家图书馆闹鬼。"

傅筠来神色淡淡没什么反应："哦？所以呢？"

看反应应该是知情咯?

辜冬不死心,又追问:"傅教授,您不打算澄清一下这桩传闻吗?我以前,也就是在您不是馆长的时候也经常来这家图书馆看书,和现在对比,来图书馆的人明显少很多了,估计就是受传闻的影响。"她眼珠转了一圈,义正词严道,"澄清莫须有的传闻,挽留读者不正是您作为馆长需要做的吗?"

"他们来不来关我什么事?"傅筠来皱了皱眉。

辜冬噎了噎,也是从没见过这么不负责任的领导。

傅筠来眉头松了松,问:"你就这么肯定是莫须有的传闻?"

辜冬将问题又抛给他:"所以,你的意思是,我应该相信是真的吗?"

傅筠来无视她的问话,注视着她淡淡说道:"你在找他。"

辜冬静了静。

傅筠来这句话其实很奇怪,说得好像真有这么一个"鬼"存在一样。

还是说,他真的知道些什么呢。

"我只是好奇嘛,随口问问,我猜那个'鬼'应该是……"她胡乱说着扯开话题,"应该是你大半夜不点灯而是提着油灯在楼上晃,的确怪瘆人的,被误会也情有可原。"

说到这里,她自顾自点点头,盖章道:"嗯,很有可能。"

"你今天来这里是为了找他?"他眉梢微微一挑,无视辜冬对自己的污蔑,语气不明地看着她问,"你为什么要找他?"

他的话一下子戳中辜冬的死穴。

　　辜冬一怔，有些答不出话来。对啊，为什么呢？她为什么如此迫切地想知道那只"鬼"到底是谁？为什么要多管闲事？为什么要关注这些乱七八糟的诡异事件，不厌其烦一桩一桩去查探呢？

　　她心跳开始加速，口头上却仍然嘴硬："就是好奇嘛，还能是什么？我才不信这世界上真的有鬼呢……"

　　傅筠来打断她，狭长的眼微微眯起："我也在找他。"

|第三章|

她一直想知道自己到底是谁，又到底心系
着谁。

辜冬怔怔看着傅筠来，好似不明白他的意思，她大脑突然懵了一下，好像这二十年来所有的迷惘突然找到了一个突破口。

她脸上浮起奇异的表情，在傅筠来审视的目光中期期艾艾地开口："你的意思是，这个世界上真的有鬼？"

傅筠来睨她一眼，"不知道。"

辜冬装傻充愣："那你为什么说你在找他？"

"为了挽留读者，洗清传闻，这不正是我这个馆长该做的吗？"傅筠来要笑不笑的。

辜冬："……"

试探傅筠来以失败告终了。

啧，辜冬暗暗嫌弃，这个人哪，一会儿真话一会儿假话，真是不诚恳。

傅筠来与门卫简单解释了几句，就与辜冬一起出了门。夜晚气温已经骤降到了零下几度，傅筠来脸色越发惨白，眉头也一直紧拧成一团，看来说要去医院应该不是诓她。

辜冬裹紧围巾，想了想又瞄了傅筠来一眼，不情不愿地解下来："你也真是，明明是病人居然穿这么少就出门，还真是不要温度只要风度。"

傅筠来垂下眼睫看了一眼，推开辜冬靠近的手："不用。"

辜冬理解地又凑上来："放心吧，我穿了好几件，身上还贴了暖宝宝，为了晚上蹲点做好了万全准备……啊，我的意思是我不冷，真的！你不用担心我。"

傅筠来眼睫颤了颤，再度推开她的手嫌弃道："太丑了。"

辜冬难以置信地睁大眼睛，自己千挑万选集可爱与保暖于一身的围巾居然被吐槽太丑？！简直没天理！

她瘪瘪嘴，心不甘情不愿地说："不戴就不戴，谁稀罕。"

"辜冬。"身后传来一个熟悉的女声。

辜冬回头。

是余衷情。

她站在路口，一身酷到爆炸的黑色大衣，留至齐肩的层次不齐的短发，头发刚刚染黑不久，是生硬死板的颜色，她的发尾湿漉漉的，估计刚刚洗完头发，越发衬得她双眸深如潭水。

辜冬只愣了一秒，就撇下傅筠来，在他古怪的眼神里兴高采烈地扑到余衷情怀里撒娇。

"衷情姐，你怎么来了？你来找我？"她声音软糯，任余衷情再有脾气也发不出。

余衷情表情并不好，她冷冷淡淡地推开辜冬，轻描淡写地陈述道：“谢子砚说打不通你电话，砸门砸到我这儿来了，他说你应该是来这里了。”

“啊……手机没电自动关机了。”辜冬吐吐舌头。

余衷情没说话。

“衷情姐，我就知道你最关心我！”辜冬拿头在她肩上蹭了蹭。

余衷情唇线紧抿，没有否认，她的眼神和不远处抱胸而立的傅筠来凌空对视一眼，随即分开。

傅筠来则若有所思地轻轻扬了扬唇。

“谢子砚他人呢？这么不够义气？”辜冬在余衷情身后张望。

“他临时有个会。”

辜冬乖巧地“哦”一声，不再继续抱怨，谢子砚刚刚接手家族企业不久，最近的确忙得团团转。

余衷情将一直提在手里的一袋还冒着热气的烤面包递到辜冬手里：“没吃东西吧？”

辜冬欢呼一声：“果然还是你最懂我！”

余衷情眼底划过一丝很浅的笑：“不早了，我们回去吧。”

辜冬咬了一大口面包，高兴之余却没有忘了正事，她回头指了指倚在门边的傅筠来，声音有些含混不清：“衷情姐，估计，我们得先去医院一趟。”

余衷情是开着谢子砚的车过来的，辜冬招呼着傅筠来也上了车，从车里翻出根充电线给自己手机充上电。

“你叫辜冬？”上了车后，傅筠来语气有些奇怪，隐隐有些不爽。

"是呀，怎么了？"有了后盾，辜冬变得趾高气扬了那么一丁点，她继续低头咬面包，抚慰自己无辜的肚子，但很快她就狐疑地抬头，"对了，你怎么一直都没问我叫什么名字？"

"谁给你取的？"傅筠来面无表情地看着她。

"忘了，反正我有意识起就叫这个名字，你不觉得这个名字很可爱吗？我以前听院子里的姐姐们说过，我是冬天被捡到的，所以才会叫'冬'吧。"辜冬说。

她是一个无父无母的孤儿，小的时候也曾受过排挤，那个时候的余衷情是不良少女，校园大姐大这样的存在，是余衷情多次保护了她。

即便余衷情在外面再坚强、再独立，在她心里，也是最柔软的存在。

在前头静默开车的余衷情看了看后视镜，突然开口："安静点。"

辜冬历来听余衷情的话，她乖乖闭了口，认真啃面包，不再继续这个话题。

傅筠来也淡淡收回视线，半阖上眼。

到医院后，辜冬帮着傅筠来在一楼挂急诊的号，虽是晚上，但这家全市最好的医院依然有不少人。

余衷情则在一旁的长椅上等他们，她对辜冬什么时候认识的傅筠来，今晚为何会和他在一起，又为何要送他来医院之类的问题都没有问，就干脆地按辜冬的意思将他们送了过来。

也正是因为她这样的性格，辜冬才更加信赖她，什么都愿意说给她听，包括自己能预知死亡的能力。

"你具体是哪里不舒服？"排队之前，辜冬突然扭头问傅筠来。

"现在才想起来问我？"他嗤笑一声，微微嘶哑的语调意外有些性感，但语气明显并不温和。

辜冬讪笑："不要在意这些细节嘛。"

"哪里都不舒服。"傅筠来说。

辜冬一愣，变得严肃起来："不行，你不说具体点医生怎么帮你解决问题？"

"所以，你是医生？"

"不是。"

"那我为什么要告诉你？"傅筠来又嗤笑一声。

辜冬憋着气："好好好，你留着话自己对医生说，我不听，我不听！"

傅筠来看着辜冬为自己忙前忙后排着队，等她扬着单子走过来时，径直将她手中的单子抽出来，面容平静："我自己去，你去找你朋友吧。"

辜冬往他身后瞄瞄，果然不见了余衷情的身影。

"衷情姐人呢？"

傅筠来一抬下巴："走了。"

"怎么会？"辜冬有些意外，"她怎么都没告诉我一声？"

傅筠来双眸暗了暗，他抬手给辜冬指了一个方向："她好像是看到了什么人。"

辜冬点点头，打算过去找余衷情，走之前她犹豫了一下。

"你一个人可以吗？"辜冬不确定地看着他。

傅筠来这个人实在奇怪得很，额头上一直冒着涔涔冷汗，嘴唇也泛白，但说起话来却跟没事人一样，他已经习惯了忍耐吗？

傅筠来嘴角扬起一个好看的弧度，口里说的话却不是很正经："舍不得我？"

"哦，再见！"

辜冬朝他挥了挥手，头也不回地朝余衷情离开的方向走过去。

傅筠来也转过身，朝与辜冬相反的诊室走去，没走几步却听到身后辜冬又喊了一句："那什么，如果钱不够可以打电话找我。"她声音听起来有些别扭。

"叽叽歪歪的小镰刀。"傅筠来头也没回，轻轻笑了一声。

辜冬顺着傅筠来指的方向找过去，可找了好几分钟都没有找到余衷情的身影，给她打电话也没人接，辜冬莫名有些慌乱。

她无意间抬头看了眼医院的时钟，红色的数字显示着此刻恰好是零点。

辜冬心里"咯噔"一下，警铃大作，冒出些不好的预感来。

她不再找余衷情而是转身朝傅筠来离开的方向跑了过去，气喘吁吁找到傅筠来本该待的诊室时，却并没看到傅筠来，问了值班医生，也说他并没有出现过。

他失去了踪迹。

"该死！"辜冬暗自骂道。

诚然，辜冬一开始是冲着摸清那"鬼"的真面目而去的图书馆，却意外与傅筠来撞上，而他身上萦绕着无法辨别真身的神秘气息。

她实在摸不准傅筠来的真实身份，也无暇去管，她改变主意选择顺着他来，与他周旋的原因是，说不定傅筠来与那"鬼"之间也有着某种联系。

她相信自己的直觉，她想从傅筠来这里作为突破口，利用他找出那只"鬼"来。

那只让她感觉无比熟悉的"鬼"。

现在，傅筠来不见了踪影，余衷情也突然消失不见，辜冬垂头丧气走出急诊室，手机恰好进了一条短信。

辜冬点开短信，是余衷情发来的，说她有急事，让辜冬不要担心，还说她很快就过来，让辜冬在大厅等她。

当辜冬再度打过去时，却显示已关机。

辜冬叹口气，走进电梯里打算先下去大厅，电梯里两个护士扶着一张窄窄的病床，床上躺着一个生了病的男孩，他脸蛋红通通的，眼睛紧紧闭着，不知道得了什么病，他身旁年轻的母亲正在小声抽泣。

辜冬下意识仔细看了看那男孩，他周身弥漫着温和的白色微光，这证明他会健康地活下去。

辜冬柔声安慰那年轻的母亲一句："没关系的，一定会好起来的。"她有这个自信。

那母亲听了安慰朝辜冬勉强点了点头："谢谢。"

很快到了那小男孩所在的楼层，他要去进行紧急手术了，辜冬目送着护士将病床推过去，这才重新按下了关门的按钮。

某间关了灯的病房里，静悄悄的，只能听见电子机器传来的嘀嘀声。偶尔有值夜班的护士自病房外匆匆走过，谁也没有注意到里面的动静。

一个身穿黑色斗篷的男子悬浮于空，静静注视着病床上的男人。

病床上的男子面容枯槁，三十多岁的年龄，依然能看出俊朗的样貌，只是，他的气息已经很微弱了。

重要的是，他没有灵魂。

黑斗篷男子又冷眼看了男子一阵，头的方向微微向床的右边一移，凝固了两秒，这才轻飘飘地收回目光穿墙而出。

失了灵魂即是死亡，可是这名男子却尚有呼吸，这委实不正常得很。

这名陌生男子的异常，正是他千里迢迢来到此地的原因。

每晚零点过后，他都会来看一看这男子的状态。在成为引路者的这千百年里，他从未见过这样的状况，幕后极有可能有操控之人。

虽然目前所有的一切都是一团迷雾，但好在，没有扰乱到这个世界。

既然已经找到了小镰刀，那么当务之急，是尽快让辜冬恢复成原本的镰刀状态，助他一臂之力。

黑斗篷男子离开后，一直坐在黑暗病床旁边的人终于下定决心，她缓缓伸出手，握住了病床上男子冰凉的手指。

"高启隽……"十指相握的那一刻，她小声喊出这个名字，又生怕惊扰到他，压抑住自己微微发抖的尾音。

高启隽自然毫无反应，仿佛永远也无法醒来。

说话的女人另一只手的手指深深埋在自己刚染黑没几天的黑发里，她正是为了眼前这个人才逐一改变自己，收起浑身尖刺学着变得柔软。

只因他说过，他不喜欢太张扬的女孩子。

但他可能永远也不知道了。

她的眼眶红了一红，悲伤难以自抑。

"是我……余衷情，我来看你了。"她说。

辜冬走出电梯时已经很晚了，大厅里人也渐渐少了，她裹紧围巾坐在长椅上，默默等余衷情。

余衷情虽然性格孤僻，却很少会这样不打招呼就突然离开。

余衷情的人生里，只有一个意外，那就是高启隽，一个早有家室的男人。他是余衷情的劫，本不该与余衷情产生交集的万劫不复的劫。

辜冬尚在胡思乱想之中，余光却突然看到门外隐过一个黑影，熟悉感扑面而来，她呼吸骤停，不管不顾地追了过去。

"喂！"

辜冬气喘吁吁停在那黑斗篷男子身后，牢牢盯着他的背影，莫名地开始心跳加速。

她本该害怕的，毕竟第一次亲眼看到未知生物，但她却隐隐激动，手心也开始冒汗。

那黑斗篷男子刚刚从医院楼上穿墙而出，听到辜冬的声音，他停住动作。良久，他仿佛笑了笑，缓缓转身飘至辜冬身前。硕大的黑色斗篷完全遮盖住了他的身形，一丝一毫也不曾露出。

"哦？你能看到我？"那黑斗篷男子嗓音嘶哑，声音里丝毫听不出感情。

辜冬直直盯着他："你是谁？"

"你说呢？"黑斗篷男子反问。

辜冬摇摇头，却很认真地对他说："我记得你，我找你很久了。"

说出这句话的瞬间，辜冬长长出了一口气，眼尾隐隐有些泛酸。

如果现在有人经过，大概会觉得辜冬是个神经病吧，对着一片虚无自言自语。

但辜冬知道，她所有的奇奇怪怪的行为，所有竭尽全力的打探，她的目标，一直是寻找他。

自有记忆起，她一直相信所谓的前世今生，在她支离破碎的梦境里，时常会有一个熟悉的黑斗篷身影，而她与他形影不离，她看不清自己，唯独能感觉到他。

那个人给了她一个亲昵的称号。

小镰刀。

小镰刀，明明是很奇怪的名字，她却并不反感，反而在那个人每次这样称呼她时，都心生欢喜。

所以她觉得，她应该是喜欢这个名字的。

在一年又一年的成长中，她的能力也在不断增强，而她的思念也越发强烈。与其说她关注着发生在这个世界上的神秘事件，不如说，她一直想知道自己到底是谁，又到底心系着谁。

"你当然记得我。"黑斗篷男子轻轻笑了笑，语气听起来很愉悦。

他悬浮于空，长长的黑袍垂至地面。他弯腰俯身，皮质的黑手套抚上辜冬的脸，这粗粝的质感让辜冬不禁打了个寒战，但她还是紧紧盯着他黑色的巨大兜帽，试图从这兜帽下看出些什么来。

她甚至忍不住胡乱猜测，难道这斗篷下是一具干枯易碎的千年老骷髅？所以他才不敢露出真身？

耳边却听到他语速极慢地开了口："因为你是我的。"

|第四章|

他绷紧的下巴和微抖的眼尾，透露出他隐
隐压抑的不爽。

深夜的寒风肆虐。

辜冬裹紧了自己的围巾，哆哆嗦嗦睁大眼睛看着面前的他。

"你的意思是，你是……"她声音有些不稳，但还是坚定地问出自己的疑惑——

"我爸？"

下一秒，她的声音消散在夜色里，空气仿佛凝滞了，黑斗篷男子没有任何反应，辜冬几乎要以为他没有听清楚。

她想了想又急切地开口："我是说你和我之间是不是有某种血缘关系……不然我怎么会……"

记得你。

"不是。"

黑斗篷男子松了手，一下子退出辜冬几步远，语气如同结了冰。

如果辜冬能看见的话，就一定能透过他绷紧的下巴和微抖的眼尾发现他隐隐压抑的不爽。

辜冬脸上出现了一瞬的失落，但是下一秒她就自我打气重整旗鼓："不是也没关系，虽然我猜最有可能的结果就是这个……我有很多问题想要问你，比如我可以——"

"预言？"他淡淡打断她。

辜冬眼睛一亮，忙不迭地点头："你知道对不对？我的身份、我的能力，那你能不能告诉我，我到底是谁？"

说到最后，她呼吸急促起来，这么久以来缠绕着她的疑问已经近在咫尺，她迫切地想要知道答案。

黑斗篷男子此刻并没有交谈的欲望，他的视线从辜冬脸上移开。以她现在的状态，并不适合立即回到自己身边，经过二十年尘世的洗礼，她身上原本被自己精心熏陶的能力已经渐渐生疏，这不该是狩猎镰刀应有的状态。

现在的她，距离全盛时期还不够，远远不够。

他静了静，冷道："三天后的这个时候在图书馆等我。"

"哎！可是……"辜冬试图喊住他，却只来得及看到他黑色斗篷的一角消失在不远处的建筑楼前。

辜冬有些懊恼，揉了揉冻僵的脸颊往回走。

可是……我还没有搞定那个讨人厌的傅筠来傅馆长啊……

经过这么一连番的事件，辜冬回寝室后睡了足足一整天，周一早上到点起床时她怎么也爬不起来。她哼哼唧唧让室友先去教室不用等自己，好不容易才强迫自己睁开眼的她险些迟到。

她踩着点到了教室时，关系不错的室友早早占了前排的位置朝她招手。

"辜冬，这边！"

辜冬意外，上下打量她："今天怎么这么好学了？"

室友笑得狡诈："说什么呢？我不是一直勤奋好学嘛！"

辜冬搁下书坐在室友身旁："一看你就居心不良。"她趴在桌子上闭上眼睛嘟囔，"我还是好困，老师来了再叫我。"

将将进入梦乡，室友眼睛一亮，拿手肘戳了戳一侧的辜冬："来了来了！快看快看！"

"看什么啊……"

辜冬打着哈欠抬起头望向门口的方向，视线凝固的那一瞬，她脸色僵了僵，一下子清醒过来。她揉揉眼睛，几乎要以为是自己眼花了。

立在门外的那个长身玉立眼神疏离傲慢的男人可不是傅筠来？

他嘴角边噙着一抹笑，好一副儒雅斯文的样子。

辜冬听着他身旁校长慷慨激昂地说着话，什么好不容易才将傅教授请来给他们授课之类的，默默无语。

室友看辜冬一脸茫然的样子，扬扬得意地凑过来说："怎么样？是不是很帅，还不感谢我让你一饱眼福？这可是我早早打听来的小道消息，这才占据了前排的黄金宝座，保管我们能从各个角度欣赏傅教授的脸……咳咳，听他精彩的讲课。"

"他来这里干什么？"辜冬又惊又疑小声喃喃。

室友没听出辜冬语气的怪异，解释道："当然是来上课啊！人家傅教授可难请了，好不容易被调来我们市里，原本打算去另一所大学授课的，也不知道校长是怎么说动他的……校长棒棒哒！"室友一脸崇拜。

辜冬这才明白过来，那天晚上他为什么要问自己是哪所学校的了，敢情这就是他给自己仰慕他的机会？！

她转头看向傅筠来，他恰好也朝她的方向看过来。

辜冬脸上扬起笑脸，想着偷偷伸手和他打个招呼，毕竟和他认识，还有过送他去医院这层关系，也不能太冷漠了不是。

谁知傅筠来的视线轻飘飘从辜冬脸上掠过，当什么也没看见。

气得辜冬好一阵咬牙切齿，尴尬地放下手。

好生气哦，可是还要保持微笑。

"大家好，我叫傅筠来。"

待校长走后，傅筠来走上讲台，他声音低哑迷人，加上苍白的脸色，更添一份矜贵。

班上并没有静下来，还有不少人在小声说话。

傅筠来也不在意，狭长好看的眼睛扫过那几个说话的男生，语调没有起伏："我和大家有半个学期的时间相处，你们配合，我们自然能相安无事。不配合也没关系，直接滚出教室，或者取消成绩就行。

"好，现在开始点名。"

气氛凝固住，没人再说话了，因为他样貌凸出的那点好感也被他赤裸裸的威胁震慑住，大学不比初中高中，老师们大多是客客气气的，你不犯我我不犯你，在这么多同学面前丢了面子，谁都不好看。

不知点到第多少个名字时，被点到名的女生大胆地提问："傅教授怎么会突然来我们学校上课？"

傅筠来静了静，放下点名册，侧头平静地望向她："因为有想找的人。"

他不经意的一句撩人让好几个女生都羞红了脸，有了第一个提问的就有第二个：

"是谁呀？我们学校的吗？我们班的吗？"

"是喜欢的人吗？"

台下的辜冬不满地翻了翻白眼，轻轻"喊"一声，只觉得这人真是讨厌，对自己那么苛刻，对班上的漂亮女生就柔声细语的。

傅筠来的余光注意到她的小动作，唇畔微微弯了弯。

"辜冬。"他念出这两个字。

好几双眼睛都望向辜冬的方向。

辜冬愣了愣，她的脸一下子烧红了起来，连着他的上句话不得不让人遐想，但她还是强作镇定："干、干吗？"

傅筠来没看她，垂眼重新拿起点名册，声音里毫无情绪。

"辜冬。"

辜冬明白了，她气势弱下来，恨不能拿书把自己整个埋起来。

"……到。"

她感觉自己不经意间又一次被傅筠来摆了一道。

虽然不爽，但辜冬不得不承认，傅筠来看起来年纪轻轻的，但的确知识渊博，很多冷门的历史学知识点都知道得一清二楚，甚至还能一一说出典故来，他的一堂课抵得上原本那位老师的好几堂课。

下了课，傅筠来并不拖堂，直接走出了教室。辜冬想追出去，一群好学的同学却明显比她动作更快，通通围住了傅筠来左一句右一句问个不停，辜冬只好作罢。

一上午的课程结束后，辜冬被熟悉的老师喊去办公室帮忙整理资料，一进去才发现傅筠来并未立即离开，他和几个老师在有一搭没一搭地聊天。

看到辜冬进来，他瞟了她一眼，并未有过多反应。

辜冬心里还有气，在医院突然消失再加上刚才的事，她没打算理他，帮老师整理完所有资料后便打算离开。

而傅筠来也起身，和办公室里的老师们作了别，跟在辜冬身后。

一直下了楼梯，他还跟在身后，辜冬忍不住了，转身斜着眼睛看他："你跟着我干什么？"

傅筠来低眉看她一眼，绕过她继续往前走。

辜冬："……"

她还是不服气，又几步追上傅筠来问："喂，前天晚上你去哪里了？"

傅筠来停住脚步，盯着她的眼睛没说话。

辜冬憋住气，又问："我去急诊室找你，怎么都没见到你？"

"你找我干什么？"傅筠来问。

辜冬眼神闪烁了一下，瘪嘴："怕你病太重，要做七七八八的检查，付不起医药费呗，还能是什么？"

傅筠来扬起半边嘴角紧盯着她的眼睛，并没在意她的满嘴跑火车："哦？这么担心我？"

"对呀。"辜冬干脆地承认。

傅筠来看着气鼓鼓的她，突然笑了笑："我去了趟洗手间，可能在那里面待的时间长了点。"

"是吗？"辜冬半信半疑。

见她这副样子，傅筠来抬手在她头顶敲了一记："走吧。"

辜冬恹恹的："去哪儿？"

傅筠来说："吃饭。"

辜冬掀起眼皮看着他没回话。

傅筠来眯了眯眼："不去？"

"你请客吗？"辜冬试探，见他没否认这才开开心心地说，"去去去！当然去！"

傅筠来带辜冬去的那家饭店离学校不远，人却不多，好在味道不错。

吃饭的时候，辜冬又聊起了"闹鬼"那回事。

辜冬扒一口饭，抬眼打量傅筠来的神色："你真的不知道那鬼到底是谁？"

傅筠来眉眼淡淡，随口否认："不知道。"

辜冬有些泄气，说不上是失落还是高兴。她历来相信自己的直觉，她觉得傅筠来与那黑斗篷男子之间是有某种联系的。他多次出现在傅筠来的图书馆，而他与自己约见的地点也是那里。

最重要的是，前晚他与傅筠来都出现在了医院。

"不过，闹鬼的传闻是我放出去的。"傅筠来说。

"哦……啊？！"辜冬的眼睛倏地瞪大，"你放出去的？为什么？"他的话一下子打乱了她的思绪。

"你没觉得现在的图书馆和以前的图书馆相比，有什么变化吗？"傅筠来搁下筷子，平静地看向窗外。

"变化？"辜冬想了想，"馆长换人了？"

傅筠来眼睛一眯，嘴唇抿了抿，没理她。

"来图书馆的人变少了？"辜冬随口说。

"乐得清净。"傅筠来说。

辜冬一噎，顿时无话可说。

那闹鬼的传闻其实很巧妙，是个不起眼的小道消息，辜冬也是凭多年浸泡论坛的经验才找到的，对于常年泡在图书馆的人来说，并没有过多影响。

所以说，真的是这样吗？一切都是巧合？傅筠来出于私心放出闹鬼的信息，致使来图书馆的人流量变小，也阴错阳差使得自己查到这里。而那黑斗篷男子正好顺势藏身于图书馆？按这么说，好像除了自己外，没有人能亲眼看到那个黑斗篷男子，之前"闹鬼"的说法好像的确不能成立。

这么一捋，好像还挺合情合理。

但是，真的会有这么巧的事情吗？

"我这么信任你，连闹鬼的实情也告诉了你，你不该回报我点什么吗？"傅筠来慢条斯理地拿纸巾擦了擦手指，抬眼看她。

辜冬还没回过神："什么？"

"图书馆里的工作清闲工资也不多，所以好几个人到我跟前说要辞职。"傅筠来说。

"然后？"辜冬夹起最后一筷子菜塞到嘴里，心满意足地咽了下去。

"我同意了。"傅筠来说。

辜冬没跟上他的脑回路，拧了拧眉头："你同意什么了？同意他们辞职？"

傅筠来皱眉，有些嫌弃她反应迟钝："同意你来图书馆兼职。"

"哎？突然这么好？"辜冬一愣，随即一喜，傅筠来突如其来的转变正中她下怀。

"不过话先说好，兼职试用而已，没工资。"傅筠来微一挑眉。

"小气。"辜冬小声嫌弃。

"不想来？"他口气不太对。

"没有没有，要来的，当然要来。"辜冬眉开眼笑，"我这么能干，当然能做好这份工作咯。"

"嗯。"傅筠来眉头松了松，不以为然道，"做不好也没关系，随时走人就行。"

辜冬撇撇嘴，在他没注意的时候，朝他做了个鬼脸。

夜晚，握有钥匙的辜冬早早和门卫打过招呼，找了个看书扩充知识量的借口，理所当然地留在了这里。

傅笃来懒得搭理她，也懒得问她为什么大晚上不走，选择早早回房休息了。

于是，辜冬便一个人坐在阅览室里，翻出不能外借只能在馆内阅览的书籍看了起来。

不知看了多久，灯"啪"的一声灭掉了，四周陷入一片沉寂的黑暗。辜冬抬起眼帘，视线里再度出现了那道黑斗篷身影，战栗的熟悉感又一次涌遍她全身。

长夜漫漫，他很忙，并没有过多时间花在辜冬身上，所以，他与她每晚的碰面时间只有短短十分钟。

等他不是很有耐心地给她讲完调息要领后，她好奇地问："你教我的是什么？"

黑斗篷男子一静："能帮助你提升能力。"

辜冬似懂非懂地点点头："那我学会了之后是不是就能变得跟你一样？能飞还能有一件这么拉风的斗篷？"

黑斗篷男子上下打量她："资质太差，不能。"

辜冬默了默，有些泄气。

想了想，辜冬托着腮看着他，眼睛里盛着柔软的笑意："对了，忘了问，你叫什么名字？"

"我没有名字。"黑斗篷男子说。

辜冬来了兴致，双手调整了下姿势，撑着下巴："那我给你取一个吧！"

黑斗篷男子微一挑眉："说说看。"

辜冬笑弯了眼，满肚子小主意："小锄头怎么样？又或者……小钉耙？"

这些名字都和小镰刀很配哎，她又默默将最后这句话咽了下去。

"难听。"

见黑斗篷男子兴致缺缺，辜冬继续说："说起来，你是不是给我起过一个叫'小镰刀'的外号？还怪可爱的，你为什么会给我起这个名字，有什么缘故吗？"

黑斗篷男子睨了一眼絮絮叨叨的辜冬，不禁开始怀念起他的小镰刀不能说话时的样子。

果然还是那个样子的她要可爱得多。

"你不是说你想知道自己是谁吗？"黑斗篷男子不是很耐烦地打断她。

辜冬无辜地点点头。

"那就好好练习，不要想一些有的没的。"

"可是，没有名字不是一件很难过很孤独的事情吗？"辜冬说。

她有些无法理解一个没有名字的人会如何在这个世上存在，在她看来，名字是存在过的痕迹和意义。

黑斗篷男子一顿，没有回话，十分钟已到。

他轻飘飘地悬空而起，衣袍无风自动。

"你要走了？你要去哪里？"在他半个身子穿出墙壁的时候，辜冬急切地开口问。她定定地注视着黑斗篷男子，心跳有些不自觉加快。

"取魂。"黑斗篷男子说。

"取魂？取魂是什么？"辜冬的眼睛亮了亮，"那我可以跟你一起去吗？"

"想去？"黑斗篷男子尾音微微向上扬。

辜冬忙不迭地点头。

"之前的你的确可以去。"黑斗篷男子淡漠地说，"但现在的你在没完全恢复能力之前，不行。"

辜冬垂头丧气："……哦。"

看出她的不情不愿，黑斗篷男子仿佛笑了笑，他转身停到低着头的她面前，带着皮质手套的手在她头顶轻轻敲了一记。

"听话，小镰刀。"

辜冬心尖一颤，飘忽不定的眼神凝固，倏地抬眼看着眼前的他。

"早点恢复，回到我身边。"他低声说。

话音刚落，一种奇妙的感觉密密匝匝戳中了辜冬的心脏。

"……好。"辜冬乖巧地说。

相处的时间总是短暂，黑斗篷男子离开后，辜冬又默默在心底过了一遍他教授的要领，细细感悟了一番，然而自己的身体并没有任何变化。她也不泄气，呼口气搓搓手，打算先回去。

离开前，她跑到楼下傅筠来的房间门口敲敲门："傅教授，你睡了吗？是我，辜冬。"

里头黑漆漆的，也没点灯，估计他早就睡下了。

"那我先回去啦，傅教授。"辜冬说。

里头依然没回话，辜冬想了想又说："还是谢谢你，谢谢你愿意让我来图书馆兼职，我会努力的，争取不给学校丢脸！"

回复她的依然是一片沉默，辜冬也不在意，关了走廊的灯，掏出手机照明，离开了图书馆。

辜冬打了车返回学校，途经的街道旁设了个灵堂，彻夜亮着灯，里头人影绰绰，是在守夜。

辜冬随意扫了一眼便漫不经心地收回视线，她的余光似乎看到什么眼熟的东西，又急急看过去。

"哎，师傅停一下。"辜冬喊。

车速慢下来的那一刻，她看清了那张印有奠字的大大的黑白照片。她的心脏悠悠一沉，全身不自觉地开始发冷。

照片上咧嘴笑着的男孩她有印象，正是那天她在医院电梯里见到的男孩。那时候她还对那男孩的妈妈说过，没关系的，一定会好起来的。

对啊，没关系的，一定会好起来的。

那时候，男孩全身弥漫的是温和的白色微光，他一定会健健康康地活下去。

可现在，他死了？

怎么可能？

|第五章|

眼前的辜冬不再是一把镰刀，而是一个活
生生的人。

接到谢子砚电话的时候，辜冬正在上课，前头傅筠来正在讲一个非常重要的知识点。

"谢大爷，你到底要怎样？"

她气冲冲地滑开振个不停的手机，弯着腰，半个脑袋缩在桌子底下，生怕被傅筠来看到自己在开小差。

那头谢子砚的声音有些虚弱："小咕咚，我身体不舒服，你都不来看望看望我吗？"

"身体不舒服就去医院啊，打给我干什么？我又不是 X 光，能替你检查哪里出了毛病。"辜冬压低声音，没好气道。

谢子砚乐了，原本有些烦闷的情绪也舒展了些许，他咳嗽几声才说："我这不是在医院嘛，马上就要做各项检查了。"

"你真生病了？"辜冬蹙了蹙眉。

"我没事骗你干什么？"谢子砚拿起床头柜上的水杯喝了一口，

他的视线自搁在上面的病历单上掠过，笑容淡了淡，"真不来看我？
嗯？"

"我上课呢！"辜冬说，"你不会又是感冒啊蹭破了皮之类的，
喊我去吧？"

"真不是！我什么时候干过这种事，小咕咚你可别冤枉我！"
谢子砚在电话那头打趣。

辜冬也跟着笑了笑，刚打算问他在哪家医院，视线里便闯入一
双精致的男式皮鞋。

她咽了咽口水，缓缓抬起眼，笑容也僵住了。

"拿来。"傅筠来垂眼看着以滑稽的姿势蹲在地上的辜冬，冷
着脸朝她伸手。

辜冬下意识想插科打诨求情几句，但在看到他冷峻的表情时，
所有的话语都咽了下去。傅筠来骨子里是一个高傲的人，不会容许
在自己的课堂上出现这些错误，更何况他之前说过的，要在课堂上
互相配合，是她没有做到，触犯了他的底线。

她顿了顿，还是老老实实地将手机递到傅筠来手里。

傅筠来视线移到屏幕上，看了眼上面显示正在通话中的一个名
字，冷漠地按掉了电话，将手机收入口袋里。

"出去。"他移开视线淡淡说。

辜冬深吸一口气，也不多说什么，径直起身走了出去。

谢子砚听着电话那头突然传来的忙音，慢慢收了笑，他丢开手
机，听着身旁下属们一刻不停地对他说着无数的注意事项，嘴唇渐

渐抿成一条线。

"滚出去。"他不耐烦地说。

身旁的人静了静，走出了病房。

耳旁重新恢复了安静，谢子砚将手臂搭在眼睛上，讽刺地笑出声音……

下课铃响后，辜冬依旧动也不动地站在教室外面，她的手已经冻僵，今天早上出寝室的时候也忘了戴上围巾，冷风一直往脖子里钻，她却还是固执得不肯进教室。

身旁有脚步声走近，她看也不用看就知道是傅筠来。

"委屈？"傅筠来说。

"不委屈。"辜冬硬气地说，她垂着头看也不看他。

"委屈就直说。"傅筠来眼睛微微眯起，"我不是不能接受意见。"

"不委屈。"辜冬吐出一口气，倔强地咬住下嘴唇。

傅筠来盯了她一会儿，径直握住她的手。他的手很凉，而她的手也很凉。

辜冬一惊，把手抽了出来。

"干吗啊你？"她依旧不看他。

傅筠来看着辜冬赌气的样子，轻轻扬起半边嘴角，随即转身："跟我过来。"

辜冬在原地又站了两秒，才不情不愿地跟了过去。

天大地大，老师最大，得罪谁也不能得罪老师，更何况是自负、小心眼的傅筠来。

她在心底里咬牙切齿地对自己说。

虽然傅筠来不会在学校待很久，学校还是非常贴心地给他单独设了个办公室，里头装修颇为精致，但他们的一番良苦用心估计要浪费了，因为傅筠来基本上一下了课就会直接离开。

除了，像今天这样的特殊情况。

辜冬看着傅筠来关上门，打开了空调。热气一点点笼罩住她的全身，让被冻得浑身僵硬的她渐渐暖起来。

"还冷吗？"他又调了调温度，抬眉问辜冬。

辜冬摇摇头，白眼向上翻一翻。

"打个巴掌再给颗糖。"她小声吐槽。

傅筠来看她一眼，要笑不笑："还嘴硬？"

"嘁！"辜冬别开眼。

傅筠来看着她，老半天都没开口说话。

一直以来，他并没有哄小镰刀的习惯，左右它不能说话，每每都是它自己赌气，等一会儿就自己恢复了，他也并不在意这些。

"对不起，我不该上课接电话。"辜冬突然低声说。

傅筠来愣了半秒，目光一凝，他没有想到她会主动道歉——

因为现在不同了，眼前的辜冬不再是一把镰刀，而是一个活生生的人，会说会动，不是冷冰冰的，而是鲜活柔软的。

他查过原因，那天小镰刀自高处坠落，正好落入被遗弃的婴儿身体里，与她融为一体，所以这么多年自己都无法追寻到她的踪迹，直到随着年龄的增长，她的能力才渐渐显露出来。

傅筠来安静了一会儿才再度开口："我讲的知识点记住了吗？"

"记住了。"

"真记住了？"傅筠来似笑非笑，"那你为什么不敢看我？"

辜冬还是梗着脖子看着门的方向："你有什么好看的？我为什么要看你？"

"哦？"傅筠来长眉一蹙，语调慢悠悠的，"我不好看？"

辜冬飞快地扭头瞟了他一眼。

傅筠来嘴唇发白得厉害，在没有暖气的教室上课，估计他也没好受到哪里去。

她其实早就不生气了，傅筠来并没做错什么，她只是觉得面子上过不去罢了，毕竟班上那么多同学看着呢。

傅筠来见她回过头，将她的手机递到她眼前，嘱咐道："下次不许在我的课上接电话。"

"哦。"辜冬乖乖应道。

她想接过手机，傅筠来却往后一缩，让她接了个空。

辜冬愣愣地看着他，却见他狭长的眼睛眯了眯，迷人又危险："我不好看？"

辜冬："……"

她嘴角扯了扯，冲傅筠来笑笑，随口就能说出好听的话："好看好看，傅教授是天底下最最好看的男人。"

傅筠来短促一笑，这种恭维的话他在当初的小镰刀的思想里都没有听过，这么一想，小镰刀变成人形也不算太差。

接过手机后，辜冬回想起刚才与谢子砚打电话那事，想着挂了谢子砚的电话有些说不过去，打算回个电话给他。

"那傅教授，我就先出去了。"她往门口走。

"等一下。"傅筠来开口喊住她。

辜冬扭头，正好看到傅筠来将办公桌抽屉里的一条崭新的围巾取了出来，也不知道他什么时候放进去的。

他朝辜冬走近，停在她跟前，微微俯身，在她惊讶的眼神中将围巾系在了她的脖子上。

辜冬低头看了看这条黑色的围巾，莫名有一种熟悉感，好像很久很久以前也经历过类似的事情。

她也不推辞："谢谢傅教授。"

"啧，果然我的眼光要好很多。"傅筠来打量她一番，嫌弃的眉头舒展开，得出结论。

"那——傅教授，我先走了。"辜冬说。

"嗯。"傅筠来颔首，关了空调也随之出门。

他依然不急不缓走在辜冬身后，沉稳的脚步声一直跟在她身后。

辜冬偷偷注意了好久，憋住自己想要问他为什么要跟着自己这句话，直到走出校门，他才往不同的方向转去。

出了校门，辜冬给余衷情打了个电话，告诉她自己要去趟医院。

一听她要去的那家医院的名字，余衷情很快便赶了过来接她。

辜冬这几日很少见到余衷情，她一直很忙，毕业后一头扎在自主创业这条路上，虽然艰难，但她性子倔，生生挺过来了，现在自己当老板开的小酒吧生意还不错。

按理说生意步入正轨，她该轻松下来，可最近几天她不知怎么的，更忙了，辜冬经常联系不到她人。

余衷情不过十多分钟就赶了过来，她眼底有很深的疲倦，脸上甚至还有一道划痕，虽说辜冬已经司空见惯了，还是忍不住心疼她。

余衷情性子硬，宁可撞得头破血流也不服软，十有八九是她又和别人发生了冲突。

辜冬担忧地看着她："衷情姐，要不你还是回去休息吧，我自己过去就可以了。"

"没关系。"余衷情说，"我正好有空。"

辜冬见无法改变她的主意，只好上了她的车。

等她和余衷情赶到谢子砚所说的病房时，谢子砚已经吃过药睡下了，她们被谢子砚身旁眼熟的助理拦在门外。

从他们口中，这才得知谢子砚的病情。

是癌症晚期。

……

时间已经过去半个小时了，余衷情偏头看向辜冬。

辜冬自拿到谢子砚的病历单后就一直没有说话，静静地坐在病房外的长椅上发怔。

"辜冬。"余衷情喊出她的名字，有些担忧她的状态。

"嗯，怎么了？我没事。"辜冬回过神，冲余衷情笑笑，掩饰掉眼睛里微微漾起的水光。虽然早知道谢子砚命不久矣，但亲眼看到病历单却又是另一种感受。谢子砚虽然玩世不恭了些，但一直对她很好，对她而言，也是除了余衷情外最值得信任的朋友。

余衷情轻轻揽住辜冬的肩膀，一手顺着她的长发慢慢捋，在心底轻轻叹息一声，也不多说什么安慰的话："我在。"

辜冬眼眶一热，整个人蜷成一团，脑袋倚在余衷情的肩膀上。

又过了几分钟，辜冬的情绪才渐渐平复下来，她起身隔着病房门上的小小玻璃探头往里看。谢子砚紧紧闭着眼，还没有醒过来，看起来和之前并没有什么区别。

辜冬收回目光："我们先回去吧。"

余衷情却犹豫了，眼神游离了一瞬。她说："你先回去吧，我还有点事。"

辜冬愣了愣，虽然好奇却没有问出口。

"那好，你自己注意安全。"

辜冬明白，余衷情如果想告诉她，自然会说。

作别了余衷情，辜冬只好一个人回去，下行电梯在十五楼的位置停住了，摁开电梯的女孩表情有些羞怯，她一边向电梯里的人点头小声抱歉，一边回头冲不远处提着两大袋日常洗漱用品的男生喊话，让他动作快点。

等那男生走过来的这一小会儿，转角处传来一个言辞激烈的女声。

"……医生，我只是想要知道我儿子死的原因而已！求求你！告诉我好不好？"

辜冬循声看过去，与说话那人相触的那一刻，她目光一凝，泪流满面的那位女士有些眼熟，她稍一思索就回想起来，是那晚那个小男孩的母亲，那个按理不该死去的小男孩。

"杨女士，您冷静一点，别激动！"

被她拉扯住的中年男医生因为她扬高的语调涨红了整张脸，他窘迫地低头避开来往病患好奇的目光。

"冷静……呵……我唯一的儿子死了，我这辈子唯一的依靠死了，我怎么能冷静得下来？当时你们不是说得好好的，手术一定会成功的吗？为什么他会死？为什么？"失去了孩子的杨女士双目通红，几近崩溃。

那医生面容无奈，扶了扶眼镜，长叹一声。

对于这次意外他也是万分不解，那个小男孩虽然病症的确严重，却委实算不得什么药石无医的疑难杂症，手术全程一直进行得很顺利，但古怪的是，在进行最后缝合时，小男孩的心跳却骤然停止了，不管他们如何施救都挽救不回。

那种猝不及防的意外，让在场的每一个医生和护士都感到恐惧，此情此景，就像是小男孩突然被死神扼住了喉咙，夺取了生命。

"唉……杨女士，节哀顺变吧……"医生轻声安抚道。

他们渐渐走远，电梯的门也再度合上，继续向下行，本就狭窄的电梯空间更加逼仄，辜冬往后更紧地靠了靠，尽量不挤到其他人，与此同时，她脑子里一刻不停地开始思索。

虽然有过迟疑，但她并不怀疑自己预言死亡的能力，如此看来，那小男孩的死亡必定是神秘的外力因素造成的。

只是，这因素究竟是怎么一回事呢？

会不会跟"他"的出现有关呢……

　　她低着头心不在焉地随着里头的人往外走，刚刚踏出电梯，却被一个打算进电梯的人拦住，她想绕过那人向左边拐，那人也偏偏向左走，她又想向右拐，那人也恰恰拦住她右边。

　　真是尴尬的默契。

　　"不好意思，麻烦让一下。"辜冬冒出些不耐烦来。

　　"走路都不长眼睛的吗？"回复她的是一个熟悉的低哑嗓音。

　　辜冬意外抬头，面前清瘦儒雅的男人似笑非笑。

　　"傅教授？你怎么也来医院……"她话语声戛然而止，回想起了傅筠来身体不好这回事，她讪讪挤出笑，"……好巧哦。"

　　傅筠来看着她蹙眉道："感冒了？"

　　辜冬还未开口说话，他便已经熟稔地伸出手，在她的额头上一触。辜冬怔住，抬眼愣愣看着傅筠来。

　　傅筠来面部表情很淡，看不出过多情绪，没有关切也没有心疼。见她并未发烧，他手指向下将她脖子上随便系上的围巾解开，重新缠了两圈，他的手法并不生疏，看样子经常做这种事。他冰凉的手指在绕最后一圈时擦过她的脸颊，她一抖，尴尬地退后一步，推开他的手，避开他理所当然的接触。

　　"不是，我是来看朋友。"辜冬说。

　　傅筠来的神色变得有些微妙："朋友？谢子砚？"

　　这个名字念出口的瞬间，他本就不多的愉悦冷却下来。

　　辜冬惊讶傅筠来的好记性，没想到他居然记住了与自己通话的那个名字。

　　她点点头，因谢子砚的病而难受的感觉又漫出来："是啊。"

傅筠来冷淡地微一点头，在旁边电梯开门的那一刹那往里走。

看傅筠来没有再跟自己说话的意思，辜冬只好道别："那我先走了，再见傅教……哎哎？"

她话还没说完，就被傅筠来单手拉进了电梯里，随着电梯里人越进越多，她几乎整个人都贴在了傅筠来身上。

她不自在地将手推开他的胸膛，仰起脸眉头皱成一团："你拉我进来干什么？我刚从上面下来。"

"关爱师长，体贴上级，不是你应该做的事吗？"傅筠来低头看着她，手指紧紧扣在她手腕上。

辜冬顺势仰头，这么近的距离看他，越发觉得他眉眼深邃鼻梁高挺，苍白的脸色有种病弱矜贵的美感。

辜冬不自然地清了清嗓子，躲开眼："你……你什么意思？"

"替我去拿诊断结果。"他吩咐。

"那你呢？"

"自然是等你拿结果。"傅筠来说。

"……"辜冬噎了噎，又是拉她当免费苦力，她有些不情愿了，"那什么……傅教授，我还没吃晚饭呢。"

"嗯。"傅筠来皱了皱眉自语道，"据说这几天图书馆夜夜点着灯，电费多了不少。"

"那什么傅教授！反正我现在也不饿，晚一点吃也没关系的，傅教授，放心交给我吧！"辜冬眼睛睁圆，信誓旦旦地说，生怕傅筠来一言不合就将费电费钱的她赶出图书馆。

"嗯，那就好。"傅筠来微一颔首，眼底浮起淡淡笑意。

到达楼层，见辜冬的身影消失在视线尽头，压抑了良久的傅筠来倚在墙边低头好一阵咳嗽，嘴里浓郁的血腥味蔓延开来，他身体更加虚弱了。

他一顿，身影虚了虚，眉头一凝，循着自己察觉不对的方向追了过去。

他这次来医院原本的确是为了拿诊断结果，但到达医院后，却凭借引路者的直觉，察觉到了某种不对劲的危险东西。

那夜零点过后，他来医院照常看了高启隽的状态后，也有过类似的不对劲感觉，等他赶到手术室时，本不该死亡的小男孩已经被夺走灵魂死亡了。

如果没错的话，这一次，又有人在非自然的状态死亡了。

另一头，乖乖拿了诊断结果的辜冬走出来，正打算去电梯口找傅筠来时，她的余光突然注意到什么。

辜冬凝神侧头看过去，她攥着诊断结果的手指力道加重，瞳孔不自觉地微微放大。

走廊尽头，只见一声清脆的巴掌声后，十几分钟前向自己声称有事的余衷情，被人狠狠一推，后背结结实实地撞在了墙壁上。

|第六章|

这是一种潜意识，与生俱来的能力，随着
她的反复练习而渐渐显露出来。

　　天色渐晚，这层楼的走廊空荡荡的，来往的人并不多，所以走廊尽头说话那女人的声音可以很清晰地落入辜冬耳朵里——

　　"你要不要脸？说了让你不用过来了，你还上赶着犯贱是不是？"那个女人望着余衷情冷笑一声，妆容精致的脸上浮现鄙夷的神色。

　　余衷情被推得一个趔趄，她好不容易才站稳，手肘靠着墙壁用力，慢慢站直身体。脸颊是火烧般疼痛，但她始终低着头，面对那女人尖酸刻薄的话毫无反应。

　　"想要乘虚而入跑来献殷勤是吗？想要破坏我们的家庭是吗？别以为我不知道你安的什么心。"那女人见余衷情站起身，又不甘心地推了她一把。

　　余衷情任由那女人推搡，并不反抗，额发遮挡住了她的眼睛，看不清表情。

　　"不敢说话了？就这么想当小三？"

　　老半天，余衷情才从喉咙里挤出三个字："对不起。"

那女人嗤笑，伸手抓紧余衷情的头发，促使她因头皮发紧而向后仰头。

"你说什么呢？蚊子叫一样，谁能听清楚？你再大声点？再大声点？我听不到！"

"对不……"

"你放手，神经病啊？"

辜冬气冲冲地跑过来扯开那女人的手，对那女人怒目而视，她转身扶住余衷情，担忧道："衷情姐，你还好吧？"

那女人见来了帮手，也不在乎，翻翻白眼转身往病房里走。

"别让我再看到你来，贱人。"她冷冰冰地丢下这句话后，关上了门。

"喂，你！你把话说清楚，骂谁贱人呢你？"辜冬气急败坏，正打算跟着她进去，却被余衷情拦住。

"别说了。"余衷情说。

辜冬气急，手臂被余衷情拉住，她又不忍心甩开余衷情，愤愤道："余衷情，你是不是傻呀你？"

余衷情的眼睛漆黑如潭，直直地看着辜冬，冷静得不可思议。她残留着指印的半边脸颊已经迅速红肿起来，这副样子更加让辜冬心疼。

辜冬这才想明白，之前余衷情脸上那道刮痕，十有八九就是那个女人指甲划过的痕迹。

辜冬越想越恼怒："你怎么可以任由别人欺负你啊余衷情？你

疯了吧？你醒一醒！你以前不是这样的！"

"别说了，我们走吧。"余衷情平静地说。

辜冬僵持在原地，她指着病房门，牙齿咬住嘴唇又松开，胸膛快速起伏："我不走，我要和她说清楚，凭什么她想打你就打你？她谁啊她？还有你，凭什么要跟她道歉？她……"

"别说了，辜冬！"

余衷情口气里居然带了些哀求的意味，她嗓音压低，带着不可言说的痛苦隐忍。

"高先生在里面。"余衷情说。

辜冬一僵："你说什么？"

余衷情怕高启隽听到自己的声音。

辜冬难以置信地看着余衷情，又怔怔看了紧闭的病房门一眼，终究还是颓然地住了口。

高先生，高启隽，一个三十多岁的中年男人，辜冬自然是知道这个人的。

他是余衷情唯一反复提起的名字，提到他时，她平静无波的眼睛里仿佛有星星，他是余衷情最在意的人。

在外人面前高傲得不可一世的余衷情，唯独在他以及与他相关的人面前是卑微的。

但讽刺的是，高启隽早有家室有妻有女，明知如此，余衷情还是割舍不下他，一次一次任自己深陷其中。

在余衷情打工期间，辜冬去找余衷情，曾见过高启隽几次，他是余衷情打工酒吧的调酒师，温柔又英俊，的确容易招人喜欢。后来，余衷情有了自己的酒吧，还打算高价请高启隽来自己酒吧调酒，却明明白白遭到了拒绝。

"刚刚那人，是高先生的妻子？"辜冬抬了抬下巴，她找护士借了冰袋，小心翼翼帮余衷情按压住脸颊消肿。

冰冷的天气与冰冷的冰袋相触并不好受，余衷情依旧平静，她沉默了好一阵才点头。高启隽的妻子是个女强人，大多数时间都在外地出差到处奔波，很少会出现探望高启隽。

"你什么时候知道高先生生病的？"

"上次陪你来医院的时候。"余衷情淡淡地说。

辜冬胸腔里堵着的一口气缓缓叹出："衷情姐，你别怪我话多，高先生自然有他的妻子照顾他，你就别管他了，就算他以前经常关照你，那也是以前的事，都过去了。"

余衷情视线落在辜冬身后，没说话。

辜冬知道她不会听自己的劝，无奈地靠坐在椅子上，揉了揉太阳穴："高先生怎么会生病了，没什么大碍吧？之前不是已经没事……"她住了口，心里"咯噔"一下，下意识又看了余衷情一眼。

高启隽本该早就死掉了。

辜冬脑海里突然蹦出这几个字。

半年前，她就看出高启隽的将死之兆，将消息也告知了余衷情，本意是让她早早死心不要泥潭深陷。

谁知，她与天意对抗，日日守在高启隽身边，生生将他从本该车祸而死的意外中拉了出来。高启隽浑身萦绕的暗红色微光也消失不见，就这样留住了性命。

其中种种详情辜冬并不知晓，等到再度见到安然无恙的高启隽时她委实吓了一大跳，生死由命，谁也无法反抗，反噬之力有多可怕她不敢想象。

逆天改命不可为，难道，这就是惩罚吗……

余衷情摇头，对于高启隽为何会重病住院，她也一无所知。她只知道，病症来得古怪又突然，医生也说不出所以然来。

辜冬从沉思中回过神，不禁想，除了让他重病住院，接下来还会出现什么样的状况呢。

两人沉默了良久。

"我不是小三。"余衷情突然抬眼看向辜冬，一字一顿地说。

"衷情姐……"辜冬一愣。

"我不会当小三。"余衷情说。她眼睛淡漠地移开，嘴唇也抿成一线，好像这句话只是随口一说。

辜冬看出她不轻易外露的紧张，无奈地笑笑："说什么呢你？我知道你不是也不会，我当然相信你啦。"

余衷情一僵，耳旁辜冬还在继续说："你这个人呀，就是太不在乎别人对你的看法，也从不喜欢解释，其实有的时候，不要把事情都憋在心里会好受很多的。不管怎样，我都和你是一头的。"

"嗯，店里还有点事要处理，我先走了。"余衷情垂下眼，简洁地结束了对话，接过辜冬手中的冰袋起身走开，她脚步匆匆，好像很怕辜冬会追上来。

怕她会看到自己因为她的无条件信任，而不自觉地开始泛酸的眼圈。

　　辜冬坐在椅子上发了会儿呆，才想起自己的正事，急急忙忙跑过去找到傅筠来时，他脸色果然不是很好看。

　　"怎么去了这么久？"他蹙眉。

　　辜冬打着哈哈："肚子不舒服，去了趟厕所。"

　　傅筠来上下打量她一眼，也不多问，接过诊断结果随便翻开看了看，面色没有丝毫变化。

　　"走吧。"

　　"去哪里？"

　　傅筠来挑眉："不是说饿了吗？"

　　"是要请我吃饭吗？啊啊啊，傅教授你真好！"辜冬眼睛弯了弯，笑容谄媚。

　　……

　　已经是晚上八九点了，两人走出医院，辜冬拢紧围巾，看看傅筠来和他手里的诊断结果，想起那晚送身体不好的他来医院的事，于是问他："傅教授，你是得了什么病？严重吗？"

　　傅筠来一顿，他身体多项器官衰竭了，身体状况如同年迈老人。

　　他垂眼看她，薄唇一扬："放心吧，不会怪到你头上的。"

　　辜冬讪讪笑了笑，见他避而不谈，也不再继续问他。

　　就在这时，两个年轻男人面色凝重，步履匆匆从辜冬身旁走过，他们三言两语的交谈声钻入辜冬耳朵里——"你说奶奶身体好好的，不过是来医院体检，怎么会突然窒息离世？"

　　"不清楚，出现这种意外，这事医院该负全责吧？"

"早知道我今天亲自陪奶奶来医院，那也不至于出现意外……
唉……"

……

辜冬一愣，停住脚步怔怔转头看着说话的那两人，神色变得复
杂起来。不知怎的，她脑海里不由自主浮现出那小男孩通红的脸和
小男孩母亲悲痛欲绝的眼泪。

那个小男孩的死亡也是一次类似的突发意外。

"不关你的事，少多管闲事。"傅筠来好似看透她的想法。

他之前循着踪迹找过去，可惜又迟了一步，当他赶到时，并未
看到夺魂那人的踪影，只眼睁睁看到本不该死去的老人骤然离世。

医院经常伴随着死亡，那人果然选了个好地方，只是错不该，
撞到他的职责上来。

生死自有其轮回，自有其定数，擅自篡改定会遭到惩罚。纵使
他见惯了死亡，亲自勾走过无数灵魂，也断断不能容忍有其他人背
着他私下夺他人性命，挑战他的权威。

……

因为傅筠来冷漠的态度，辜冬心里莫名有些不舒服，她低声喃
喃："谁多管闲事了，你怎么会知道我在想什么。"

"生离死别本就是正常的。"傅筠来冷淡地说，"没有多想最好。"

这句薄凉无情的话一下子戳中她心上的伤处。

辜冬脚步一停，深吸口气低下头看着自己脖子上的围巾，声音
闷闷的："我不饿，还是不和你去吃饭了。"

傅筠来眉峰一凛："你不饿？"

"嗯，我不饿，你自己去吃吧，我现在去图书馆整理书籍。"辜冬说，"馆里姐姐肯定又要加班，一个人忙不过来。"

话语刚落，辜冬的肚子便不识时务地叫了一声，声音很清晰，足以让身旁的傅筠来听清。

辜冬不由得眉尾抽搐了一下。

"哦？没工资还这么认真？"傅筠来要笑不笑。

辜冬点点头，装作没听到自己肚子的不配合，冲傅筠来扬起一个客套的笑脸，道："按理该一下课就过去的，在医院耽误了点时间，所以打算晚上补回来。"

她特意加重了"耽误"两个字。

傅筠来眼睛危险地一眯："你是说我耽误了你的时间？"

辜冬立刻摇头否认："当然没有，当然没有。"

傅筠来盯着她看，他的脸色唇色越发苍白得厉害，见她有意避开自己的眼神，他下巴绷紧嘴角一扬兀自嗤笑了一声。

"随你。"他冷冷说。

辜冬看着他往停车场方向走去，摸了摸饿得不行的肚子，这才独自往另一个方向走去。

明知道不该惹怒自己的顶头上司兼任课老师，但她还是忍不住闹了别扭。虽然傅筠来对她还不错，但说实话，她并不喜欢他冷冰冰没有感情，又高高在上的态度。

时间匆匆，又到了周五的晚上。

寝室里熄了灯后，辜冬在床上翻来覆去怎么也睡不着，早已习惯了时不时就熬夜与那黑斗篷男子见面，偶尔早睡一次她反而不习惯了。

她这几日忙于系里安排的活动，白天里一直没时间去图书馆，等到晚上抽出时间去图书馆给归还的图书一一分类时，傅筠来往往都不见了人影，不知道又去忙什么了。他一星期只有一堂课，上完课便径直离开，所以她也一直没和他私下里见面。

辜冬不由得想……

他不会是发脾气了吧？

好在，零点过后，那个黑斗篷男子只要有时间就会依照约定出现，亲自指导她调息。不知怎的，黑斗篷男子这几日心情并不太好，她虽然不明白原因，但还是认真学习，进步也很快，很难得地得到了他只言片语的夸赞。

辜冬长出一口气，又翻了个身，不再想他们，转而开始思索那个小男孩的离世。那是她亲眼所见的，小男孩的确不该死去……还有那个老奶奶的突然离世也十分诡异，如果老奶奶的状况和小男孩的状况一样，那他们之间又是否有着某种联系呢……他们为何会突然死去？

虽然她现在并不明白是什么联系，但她非常清晰地明白一点：他们之间唯一的共同点，就是那家医院。

次日，辜冬又去了一趟医院。

当她找到谢子砚的病房时，谢子砚正在几个年轻女孩的簇拥下有一搭没一搭地聊天。他脸颊明显有些消瘦了，却还是一副花花公子的样子，看来病症并没有困扰到他。

辜冬站在门口，正儿八经地咳嗽了一声。

谢子砚注意到了动静，朝门口扫了一眼，笑意自脸上漫开。他吊儿郎当地推开给自己递苹果的女孩，笑道："滚滚滚，我的小女友来了，你们都散了吧。"

有女孩回头看了辜冬一眼，不甘心地问他："谢少，她是谁？"

那女孩的口气让谢子砚的脸色沉了沉，他压低嗓音道："不该问的不要问，在我身边这么不懂事？"

她们见谢子砚真要发脾气了，这才讪讪地起身，离开病房。

等她们散开，辜冬走进来，坐在谢子砚旁边的椅子上，打趣他："行啊你，这么多美女陪着你，亏你还天天短信轰炸我，跟我说太无聊。"

谢子砚弯唇，亲昵地往她的方向靠近了些许，解释说："都是助理怕我一个人心情抑郁闷得慌，特意找来监视我的。"

见辜冬没什么反应，他又一挑眉："你不信？"

"信信信。"辜冬敷衍道。

她并不太在意那些女孩的身份，左右谢子砚身旁一直都是美女环绕，她已经见怪不怪了。

"还有啊，"辜冬一脸正经，"不要乱给我排名称，我可不是你女朋友——说起来，你女朋友不是什么……那个作家嘛，她没来看你？"

"她呀，没有你温柔体贴，早分了。"谢子砚笑容加深，嘴里说着似真似假的话。

辜冬白了他一眼，懒得理他的玩笑。

谢子砚扬起薄薄的嘴角，伸手揉了一把辜冬的头发："小咕咚。"

"干吗?"辜冬凶巴巴地避开谢子砚,仔细翻看着他的各项检查结果。

"小咕咚。"他又喊。

"干吗干吗?"辜冬口气更凶,"不要给我起怪怪的外号。"

这句话刚一出口,她就想起了黑斗篷男子喊自己"小镰刀"时的低哑嗓音,她的脸不自然地烧了一烧。

"喊你呗。"谢子砚笑。

"……神经病。"辜冬嘟嘟囔囔。

谢子砚也不反驳,继续有一句没一句地喊她逗她。

因为他怕,现在不多喊几句,以后就再也没有机会喊了……

下午六七点的时候,见谢子砚的助理来给他送晚饭,辜冬便作别了他,匆匆走出了他的病房。

她并未立即离开医院,而是朝心底隐隐感觉不对的那个方向找了过去。随着夜色的一点点降临,能力渐渐扩大的她,突然感觉到了某种黑暗而神秘的能量。

这是一种潜意识,与生俱来的能力,随着她的反复练习而渐渐显露出来。

她心底的感知告诉她,那应该就是意外死亡的源头。

去寻找吧,将其找出来,她不能接受再有人意外死去了。这是理所应当要做的事情,这是职责,也是使命。

看着辜冬推门离开,谢子砚笑容一收,懒散地推开助理递过来的饭盒:"我不吃。"

助理急了："谢总您都两天没怎么吃东西了，再这样下去……再这样下去……"

"再这样下去能怎样？我本来就快死了。"谢子砚满不在乎。

助理讪讪住了口，不敢说话了。

谢子砚自嘲地一笑："好了，别傻站着了，把文件拿给我吧。"

助理松口气，将一整天堆积的需要签署的文件递到谢子砚面前。

谢子砚面色严肃，认真翻看每一项合同，严谨的工作自然不能因病症而松懈以待。

转眼便到深夜，临近十一点了。

谢子砚在助理的叮嘱下吃了药，刚打算休息，就听到床头柜上，掩在层层病历单下的手机振动起来。谢子砚扫了一眼，是辜冬的手机，临走前她忘了带走。

谢子砚脸上浮起无奈的笑意，这笑意只维持了一秒，他表情便变得微妙起来——他在手机屏幕上看到了一个陌生的名字。

辜冬虽然开朗实际上却很谨慎，她朋友并不多，关系亲近的他基本都见过，他也知道，辜冬关系最好的朋友是余衷情。

可这个名字他却从未听辜冬提起过——

傅筠来。

他拿起手机，递至耳边，漫不经心启唇：

"喂。"

|第七章|

哎——怎么办？我好像……喜欢上一个人
了。

　　一楼，没有。

　　二楼，没有。

　　三楼、四楼……十二楼、十三楼，还是没有。

　　已经连续仔仔细细地找了好几栋楼，找得她都忘了时间。辜冬
有些急了，冷汗冒出来，她还没到能随意控制自己能力的程度，完
全无法锁定那股若有似无的危险能量究竟来自哪里。她只知道，如
果她再继续找下去，估计会被医院的保安给抓起来了。

　　辜冬悻悻停住寻找的脚步，她难得爆发的能力也渐渐消失了。
她无可奈何，却毫无办法，只好选择回去。习惯性地一摸口袋却摸
了个空，她这才想起自己的手机还落在谢子砚的病房里。

　　这个点，谢子砚已经睡下了。如果没猜错的话，他刚吃过药不
久，现在睡得正沉，明日他就要进行第一次化疗了。

　　辜冬小心翼翼地推开谢子砚的病房门，打算拿了手机就回去，

推开门的瞬间，她一声惊叫。

　　谢子砚所在的病房是高楼层的单人间，窗户没有关紧，微风轻轻吹开他的窗帘，冷风灌进来。

　　里头没有开灯，一个穿着病号服的陌生男人不言不语地静静地站在谢子砚床前。

　　黑暗中看不太清楚，辜冬吓了一大跳，恐惧感自心底漫出来，她扶住门，深吸一口气，定定地盯着那背影。

　　"你是谁？"

　　那男人没回话，一动不动，大半夜的委实瘆人得慌。

　　"你是走错病房了是吗？"辜冬又朝他走近几步，万一是精神有问题的病人，无意中伤到谢子砚就不好了。

　　"嘿，先生？"

　　她试探性地再喊了一遍——如果他再没反应，那么，她就要叫值夜班的护士过来处理了。

　　好在，那男人听到声音，终于缓缓转过身。

　　看清他脸的那一瞬，辜冬瞬间变得浑身冰凉。

　　"高启隽？"她惊诧地喊出这个名字。

　　她无论如何也没料到，这个深更半夜站在谢子砚床前的男人会是高启隽，也就是余衷情喜欢了很久，还因为他挨了巴掌的那个中年男人。

　　"高启隽"依旧没说话，眼睛直勾勾地盯着辜冬。

　　他瞳孔漆黑无神，直直盯着她，盯得辜冬出了一身鸡皮疙瘩。

　　辜冬打了个寒战，不由得陷入了自我怀疑，那病号服男人的确是高启隽的相貌，但他又不像高启隽，他全然不是她印象中高启隽温柔和煦的样子。

如果他真的是高启隽，又为什么会出现在这里呢？余衷情明明告诉过她，高启隽已经是植物人了。

可如果他不是高启隽，那么他又是谁？

"高启隽"的状态不对劲得很，辜冬谨慎起见，小心翼翼退后一步，又一步，她强笑："高先生，这里应该不是你的病房吧？你不是走错了——"

她的声音忽然戛然而止。

因为"高启隽"诡异地咧嘴一笑，动作迅速地朝辜冬扑过来。

辜冬一惊，灵巧地侧身避开，同时，病房门也被她的后背一推，彻底关上。

"高启隽"直直地扑倒在地，辜冬还没来得及庆幸，脚踝便被他牢牢抓住。

她心底的恐惧不断扩大，下意识地想大声呼救，喉咙却仿佛被什么东西堵住了，任何声音也发不出来。

辜冬越发焦急，脚踝处传来剧烈的痛感，他尖锐的指甲一寸寸收紧，已经戳破了她的皮肤。

"高启隽"已经站起身，他一个用力，将辜冬摔倒在地，辜冬的后脑勺磕在地板上，她顿时摔得头昏眼花，来不及反应，又被他拖出好几米，拖到阳台的位置。

辜冬咬牙勉强撑起半边身子，逼迫自己回忆起黑斗篷男子教授的调息要领，但她越急脑子里越是一团糟，什么也想不起来。

"高启隽"终于停住脚步，又扭头直勾勾盯着她，借着月光的映照，辜冬终于看清，他全身弥漫着纯黑色微光。

这证明，他要么是十恶不赦之人，要么已经是某种邪祟之物了……

门口传来脚步声，不知是值夜班的护士还是谢子砚身旁的助理，辜冬心底一喜，但那脚步声突然又停住，门外断断续续传来谈话声。

辜冬感觉自己几乎要绝望了，别提想要摸清"高启隽"身上到底发生了什么，此时的她连还手之力都没有。

眼睁睁见"高启隽"掌心里溢出的黑色雾状物体直直朝她扑来，她认命地紧紧闭上眼。

可下一刻，预想中的疼痛却没有落在她身上。

辜冬诧异地睁开眼，她呼吸一停。

眼前身穿宽大黑色斗篷的男子半跪在地上，斗篷无风自动，轻而易举地替她化掉了"高启隽"的大半攻击。

他低垂着头仿佛正透过兜帽牢牢盯着她，虽然看不见他的脸，这一刻，她无比心安。

离开了"高启隽"的掣肘，她的喉咙一下子通畅了。

辜冬眨眨眼就干咳了几声，这才委屈地说："你……你怎么来这么晚？我差点就死了你知不知道？"

"蠢镰刀。"黑斗篷男子低低骂道。

辜冬更委屈了。

黑斗篷男子淡定地起身迎上"高启隽"，高高在上垂眼看着他，语气傲慢："就凭你，也敢动我的东西？"

"人。"辜冬补充。

黑斗篷男子睨她一眼，轻笑："就凭你，也敢动我的人？"

辜冬心满意足了。

"高启隽"的眼里划过一丝怨懑，他既不说话，也不与黑斗篷男子缠斗，径直从窗口一跃而出。

见黑斗篷男子没有追上去阻止他的意思，辜冬急了："哎，你不追上去吗？"

"追？我为什么要追？"黑斗篷男子说，他再度淡漠地朝"高启隽"逃离的方向望了一眼。"高启隽"动作并不敏捷，却还是很快消失在了视线尽头。

"……"辜冬瞪圆了眼睛看着他。

黑斗篷男子见她的反应，蓦地低笑一声，却也认真地向她解释："放心吧，他现在的状态暂时害不了人，他能力不够，擅自夺魂已经遭到了反噬。"他似笑非笑地看着她，"除了有人傻乎乎地主动往上撞。"

"……"辜冬撇撇嘴，却还是问出自己的问题，"暂时？你的意思是他之前害过人，是不是？"

"前几日医院里意外死去的人就是他所为，一个小孩，一个老人，如果没猜错的话，他接下来的目标……"黑斗篷男子住了口，不再多言，"总之害人越多，反噬越深。"

说完，他不着痕迹地扫了谢子砚一眼。

辜冬抓紧黑斗篷男子的衣袖，慢吞吞爬起来，脚踝处传来酸酸麻麻的感觉，她险些再度摔倒。"高启隽"大概是脑子不正常，好端端偏要抓住她的脚踝，现在乌青一片，别提从医院回去了，怕是连走出病房都是一件很艰难的事情。

正在胡思乱想，她没提防，一声轻呼，被黑斗篷男子打横抱在怀里。

刚打算自阳台出去，辜冬拉住黑斗篷男子的衣袖，担忧地指了指谢子砚："哎，等一下……他没事吧？"

毕竟刚才"高启隽"一直站在谢子砚床前，不知道有没有对他做什么，而且奇怪的是，面对病房里的动静，他一直没有醒来的意思。

黑斗篷男子眉眼一冷，答："死不了。"

辜冬狐疑他莫名其妙敌意的态度，却也没说什么，自谢子砚的床头柜前拿起手机，凝神看了依然一派平静紧阖双眼的谢子砚一眼后，任由黑斗篷男子抱着自己腾空而起。

离开的瞬间，谢子砚的助理恰好推门进来，今晚将由他来守夜。

在夜色的掩护下，黑斗篷男子带着辜冬稳稳停在了医院高高的天台上。他一边审视着方才"高启隽"逃窜的方向，一边漫不经心地斥她："就你现在这样的状态，还敢招惹他？还要不要命了？"

"我才没有主动招惹他，是他主动朝我扑过来的。"辜冬反驳。

"你还有理了？"黑斗篷男子扬起半边嘴角。

"那当然。"辜冬理直气壮。

黑斗篷男子透过黑色的兜帽盯着她，良久，他哑着嗓子低笑一声："会说话了就是不一样，还知道顶嘴了。"

"什么会说话了就是不一样？你说我吗？我不是一直都会说话嘛！"辜冬不满道。

黑斗篷男子没搭理她，径直掀开她的裤腿看伤口，他黑色的皮手套将将挨在她的皮肤上，她整张脸就皱成一团。

"哎，别别别碰，好痛哦。"辜冬嘴巴一瘪。

黑斗篷男子一停。

"活该。"他低声嗤道。

虽是如此，他手中的动作却轻了轻。

"还是好痛……"她看着他的动作轻声说，她漆黑的眼睛湿漉漉的，声音里甚至带着浅浅的颤音。

"忍着。"他简洁地回复。

没听到满意的回复，辜冬不开心地嘟起嘴，却还是往他的位置靠了靠，嘴角也不自觉地向上翘。

下一瞬，一团白色的雾体自他指尖凭空出现，小小地围成一团笼罩住她的脚踝，冰冷却舒服的感觉一下子缓解了疼痛。

青紫的痕迹也以肉眼可见的速度消退，被"高启隽"掐破的皮肤也愈合了。

"你怎么知道我在这里？"疼痛感刚一舒缓过来，辜冬就忙不迭地问他。

黑斗篷男子的视线轻飘飘自她放手机的口袋里掠过，他一顿，反问她："零点已到，你怎么没在图书馆等我？"

辜冬眼睛一亮："千年老……咳，所以你是特意出来找我的？是不是？"话刚一出口，她的嘴角就不自觉弯了弯，心里一甜。

黑斗篷男子闻言手指一紧，语气里仿佛有着某种危险的味道："千年老什么？"

辜冬打着哈哈，她当然不肯承认自己在心里给他起了"千年老骷髅"这个外号。

"那什么，刚刚那人我认识，他叫高启隽，是我朋友的……朋友，他原本不是这样的……"辜冬眼珠子骨碌骨碌转了一圈，又不知该如何形容高启隽以前是什么样子的，毕竟她与他之间仅仅是点头之交而已。

"或许你知道他变成这样的原因？"辜冬推测。

以他面对"高启隽"的姿态来看，应该蛮了解这个"高启隽"的……

"唔……"黑斗篷男子微一颔首，并未仔细听辜冬在说些什么，而是若有所思了一句，"你果然还是老样子。"

——爱叫我同样的外号。

"哈？你说什么呢？"辜冬怔怔地看着他，却不妨自己的耳垂一点一点红起来。

他嗓音本就低哑，奇怪却又莫名亲昵的话语在夜风的撕扯下更是撩人。他明显是想起什么往事了，不知怎的，辜冬暗暗觉得这往事应该和自己有关系。

黑斗篷男子一下子从回忆中清醒，答道："我知道，他因为某些原因而失去了原本的灵魂，我原本就是为查清真相而来。"

辜冬有些跟不上他说话的节奏了。

"他已经不是人类了。"他声音越发凝重，"我竟不知他的躯体已经被邪灵掌控。"

"邪灵？"

辜冬皱眉，她不明白这个词究竟是什么意思，自遇到黑斗篷男子起，身旁便接二连三发生奇奇怪怪的死亡事件，譬如刚才的"高启隽"也彻底颠覆了她的认知。

　　这种连锁反应，让她隐隐有些担忧，但这担忧很快又隐去。

　　她下意识相信黑斗篷男子，相信他不会让事态的发展更加恶劣。

　　"邪灵就是执念，可能是一个人生前的执念，也可能是一个人死后的执念，但正常情况下，只有惨死冤死之人才会产生巨大的执念，在死亡之际将执念涤荡干净，让灵魂以纯白之体顺利进入轮回，正是我们的职责。据说，执念为恶，则会化为邪灵入侵别人的身体，通过夺取其他人的魂魄苟延残喘，夺魂到一定程度，就能重生。"

　　他若有所思道："之前从未有过类似邪灵乱窜的案例，又或者说，从未有人类莫名其妙失去灵魂过，所以，邪灵也只存在于传说之中。"

　　简单地向辜冬解释了几句后，黑斗篷男子忽而停了停，宽大的兜帽转向辜冬的方向，隔着重重暗色，他在看她。

　　"想要彻底驱散邪灵，光靠我的力量是不够的，还需要一样东西。"黑斗篷男子慢慢说。

　　"什么？"辜冬侧头愣愣地看着他，下意识问道。

　　黑斗篷男子嗓音越发低哑迷人。

　　"你。"他说。

　　次日清晨，阳光透过落地窗投射在辜冬身上，暖融融的。辜冬眉眼惺忪地睁开眼，后背居然盖着傅筠来的大衣。

　　她大脑重新开机，这才回想起，昨晚是黑斗篷男子将她送回图书馆的，送完他便消失不见了，看起来挺忙……

完了!

她大脑里突然蹦出这两个字。

因为黑斗篷男子似是而非的一句"你",让她忍不住浮想联翩起来,连刚才做梦都梦到他一身黑斗篷,自己一身白斗篷,两人默契无比穿得跟黑白双煞似的携手捉拿邪灵版"高启隽"的场景……不行不行,打住打住!不能再想了!

辜冬坐起身,这才发现一身酸痛,昨晚的惊险再加上累极了,趴着睡了一夜,她简直要直不起腰来。

她抬眼四处找找,傅筠来正好一手提着电脑,一手端着水杯停在她身前,他睨她一眼,表情要笑不笑。

辜冬表情有些微妙的尴尬,不知道该如何跟他解释自己为什么会出现在这里,还睡了一整晚。还有那天的闹别扭,也不知道他是不是还在生气……

"傅教授早上好呀。"

辜冬朝傅筠来谄媚地挤出笑脸,接过他递给自己的保温杯。

"给我的吗?谢谢啊……"

傅筠来好整以暇看着她。

果然,刚喝了一口,辜冬便火急火燎地放下了杯子。

"啊啊啊!好烫!烫死我了!"她一边用手朝嘴巴扇风一边抱怨,"你这保温杯质量也太好了吧。"

傅筠来瞥她一眼,将笔记本电脑打开,目光凝在屏幕上:"嗯,看来杯子没白花钱。"

辜冬不服气地瘪嘴,只好再度捧起杯子一口一口吹气,试图让它快速冷却下来。

白色的水雾挡住了她的眼睛，她静了一瞬，突然开口问："傅教授，你不是喜欢我吧？"

傅教授，你不是喜欢我吧？

话一出口，她心底一块大石猛然坠地。

辜冬慢吞吞地擦掉滴落在桌子上的水渍，不敢抬眼和他对视，左右不过被他嘲笑死，径直说道："不然你为什么要对我这么好？"

傅筠来没笑，也没立即回话，而是直直看着她。对面辜冬的上嘴唇被热水烫了一下，显得越发红润。柔弱的人类身躯，这不是坚韧的狩猎镰刀该有的样子，也自然不会是他喜欢的样子。

他想要的，只不过是辜冬尽快提升能力，恢复成原来狩猎镰刀的样子，然后回到自己身边。

仅此而已，并无他想。

"我哪里对你好？"傅筠来漫不经心地反问。

辜冬再度抬眼看他一眼，心跳仿佛漏跳了一拍，他眉眼寡淡精致，仅仅穿着薄薄的毛衣，大衣还盖在自己身上。她讷讷地将大衣递给傅筠来，脸有些发红："你干吗这么关心我？还……还给我披外套，怕我冻着了……"

傅筠来蓦地一笑，他起身弯腰俯视着辜冬，狭长的眼睛微微眯起："怕你冻着了？作为临时挂衣架，你怎么还是这么喜欢胡思乱想？"

辜冬窘迫，支支吾吾着有些说不上来。

"我喜欢你？"傅筠来语速放慢，简简单单的四个字在他唇齿间细细嚼了一遍，他嘴角向上一挑。

辜冬尴尬地笑笑，没好意思继续追问，忘了水温并没有降下来，又慌又乱地嘬了一小口热水，被急急呛了一口，赶紧说："咳咳……那应该是我多想了吧。"

"当然是你多想。"傅筠来冷淡地扯了扯嘴角，转身拉上落地窗的窗帘，让光线不那么强烈地照射进来。

"怎么可能。"他淡淡说。

听了答复，辜冬松了口气，全身都放松下来，小声地自言自语："那就好，那就好……我还以为你……唉，我整天都在胡思乱想什么？！"

那就好？

傅筠来一顿，眉头一蹙，不知怎的，他并不喜欢这个回复，但这种不适很快消散，他没有理由让自己陷入这种古怪的情绪里。

辜冬有一搭没一搭地摩挲着杯子，突然，她打定主意般抬眸望向傅筠来。

"哎，傅教授。"辜冬放下杯子，单手支着下颌喊了一声。

"说。"傅筠来口气莫名开始不耐烦。

辜冬并未注意他微妙的变化，傅筠来亲口解了她一直忐忑不安的疑问后，她的状态变得放松起来，懒洋洋的。

"作为老师，你不应该替我分析解惑吗？"辜冬眼睛弯成一个好看的弧度，目光专注地望着傅筠来。

空调的暖气很足，而她脸颊微微发烫，细碎的阳光透过没有关牢的窗帘打在她侧脸，使得她越发像一颗饱满的苹果。

也许是她此刻的眼神过于柔软，也许是他突然有那么点想多管闲事——

"嗯？"他微微放松了眉头，也抬眸注视着她。

辜冬轻轻柔柔地叹一声，又苦恼又愉悦，语气带着难以掩饰的甜蜜和小心翼翼。

"哎——怎么办？我好像……喜欢上一个人了。"

我呀，好像喜欢上一个人了。

虽然并不知道他到底是何样貌，是何身份，甚至连他叫什么名字也不知道。并且他一直声称自己没有名字，但是，谁知道他是说的真话还是假话呢？

不管怎样，我不在乎这些——我至少知道，喜欢是一种怎样的心情。

因为想要听到他不多的夸赞，所以努力按他说的练习，一遍一遍重复着枯燥无趣的内容来提升自己，也并不过多问他为何要教授自己这些。因为想要他心疼自己，所以即便没有那么痛也要自私地喊出口。

我相信命运，他早就存在于我的脑海里，我的心里。

从见面那次起，我就明白，信任这种东西是与生俱来的，不必多言。

我和他，或许早就注定了会重逢。

|第八章|

傅筠来是她的任课老师，她该认清现实，
不该抱有可笑的温情想法。

回复辜冬的是一片沉寂，傅筠来并没有说话。

辜冬从思绪中回过神，奇怪地看着他："傅教授，傅教授？你
怎么不说话？你没听清楚我说的话吗？你……"

傅筠来眼神变得阴冷，他飞快打断了她，下颌紧绷，声音里听
不出情绪来。

"所以？你想说明什么？"他反问。

"情窦初开？单相思还是两情相悦？"他语速骤然加快，步步
紧逼。

辜冬一时语塞，脸上飞快地浮起一丝红晕，好像有些难以出口，
但她很快掩饰掉："你毕竟是老师，我也不知道该和谁讨论这个
问题……"

从小就无父无母的她，虽然口头上一直说没关系不在意，但实
际上还是有那么一点介怀的。连第一次例假这种事，都是哭哭啼啼

好不容易才在余衷情的解释下渐渐明白过来的。

从没有人和她商量过，告诉她这些女孩子该注意的事情，感情问题她又不太好意思去和余衷情探讨，一时冲动就问了傅筠来，她毕竟是女孩子，行事虽然大胆了些，脸皮子还是薄的，想找个人问问看，在这种情况下，该不该主动向对方表明心意。

虽然傅筠来看起来年纪并不大，但他毕竟是老师，是一个神圣的职业，她觉得自己打心底里，是很尊敬他的。

"可这和我有什么关系？"傅筠来嗤笑。

他讽刺地提了提嘴角，目光一瞬不瞬地凝在电脑屏幕上，骨节分明的手指飞快地敲击着键盘，他在备课，亲自撰写下次上课需要用到的资料。

他这句冷淡的话一下子浇灭了辜冬的热情。辜冬垂下头将傅筠来的外套脱下来，表情平静地起身走到身后不远处的还书柜台旁，开始整理前一天被归还的书籍，将其一一分类。

她将一本外国名著和一本专业工具书分开来，这才轻声说道："嗯，抱歉啊，傅教授，那就当我什么也没说吧。"

聊闲话时间结束，傅筠来是她的任课老师，也是她的顶头上司，关系界限分明，并不是什么亲密的人，她该认清现实，不该抱有可笑的温情想法。

不该嘴快问他这种私人问题的。

是她不对。

气氛冷下来，谁也没有再说话，只能听到热空调呼哧呼哧冒热

气的声音和傅筠来敲击键盘的声音，然而这种和谐的声音却并不能
让人静下心来。

良久，傅筠来手指间的动作一停，他稍显烦躁地蹙眉，淡淡启
唇："你说的人，是替你接了电话的那个？"

辜冬没说话。

傅筠来心底里漫出些火气来，他口气越发僵硬，重复道："是
替你接了电话的那个？"

辜冬依然没说话，好像仍在赌气一样。

傅筠来狭长的双眸微微眯起，他"啪嗒"一声合上电脑，面无
表情地抬眸望着还在分类图书的辜冬。

听到身后颇大的动静，辜冬这才诧异地回头，摘掉播放着音乐
的耳塞："你刚才在和我说话？"

傅筠来眉眼沉沉地盯着她。

老半天，他才再度开口："你说你喜欢的人，就是那个替你接
了电话的人类？"他表情傲慢，语气不屑，连"谢子砚"三个字都
懒得说出口。

"什么接了电话的人类？"辜冬不解。

听了傅筠来三言两语的解释，辜冬才明白过来，在自己将手机
遗忘在谢子砚病房时，傅筠来曾打了一个电话给自己，而恰好谢子
砚替自己接起了这个电话。

反应过来的那一刻，她赶紧否认，摇头如拨浪鼓，生怕被傅筠
来误会："你说谢子砚？我和他只是朋友而已，他病了去探望他，
这才不小心将手机落他那里了。"

解释完之后，辜冬一脸狐疑："他有跟你说什么吗？"

傅筠来扯了扯嘴角，因为辜冬亲亲密密跑去看谢子砚，还待到那么晚的行径，他心底的火气再度漫出来些许，讥讽道："怎么？你希望他跟我说什么？"

知道谢子砚没有满口跑火车，又说什么自己是他小女朋友这种话，辜冬舒口气："没有没有，我就随便问问。"

"所以……"辜冬迟疑了两秒，问他，"你昨晚突然打我电话做什么？"

傅筠来尚未来得及回答，两人就听到阅览室门外传来脚步声，女负责人匆匆忙忙地推开门，见到傅筠来和辜冬都在里头时，她全身憋紧的力道松懈下来，长长出了一口气。

"傅教授，外面有人进来，说是要找辜小姐……"女负责人的眼神在辜冬身上转了两圈，颇有些古怪。

傅筠来看也不看女负责人，不耐地蹙眉："自己去我办公室拿员工手册抄十遍。"

女负责人咬牙："好的，我等会儿就去拿。"

"抄十遍是什么意思？"辜冬没明白。

女负责人小声跟辜冬解释了几句："图书馆的开馆时间是九点，按理这个点不能放人进来，这些条例都在员工手册上写得清清楚楚。"

辜冬："……"

傅筠来其人果然不好相处，辜冬想，还真是轻易招惹不得啊……

她回到主题，奇道："是谁找我？"会找她的人，除了尚在医院的谢子砚外，应该就只有余衷情了吧。

女负责人脸色并不是很好看："是警察。"

"警察？"辜冬一愣，"警察怎么会找我？我一向是遵纪守法的好公民，连红灯都不闯的，没搞错吧？"

傅筠来闻言也敛眉朝他们的方向看过来。

女负责人面色凝重："我来上班的时候，正好看到警察在和保安大叔说话，一听到你的名字，我就赶紧跑上来看看你在不在。"

傅筠来皱了皱眉，动作缓慢而优雅地穿上大衣，俨然一副要出门的样子。

"你还听到了什么？"他问道。

"听他们说……"女负责人有些踌躇，看了面容冷漠的傅筠来一眼，又看了一脸茫然的辜冬一眼，这才说，"医院出了一起命案，可能……与辜小姐有关。"

医院？命案？

辜冬第一反应就是谢子砚出事了，昨晚"高启隽"似乎正打算对谢子砚做些什么，却被她无意间打断了，思及此，她脸色一变。

下了楼，跟两位警官确认了自己的身份后，辜冬便被两位警官带去了警察局，她原以为傅筠来穿上外套是因为担心她，打算和她一同去，没想到他只是简单地与两位警官寒暄了几句便独自出门了。

辜冬暗自撇嘴，真是自作多情了。

到了警察局，辜冬通过监控视频和警官的问话才明白过来，医院发生了一起命案，并非谢子砚，而是谢子砚所在住院楼隔壁楼急诊部一楼卫生间发生的命案，案发时间是晚上十点四十五左右。而自己好巧不巧就在那个时间段出现在了命案卫生间附近，自己来来回回，探头探脑的古怪动作在监控里十分可疑，这才被警方找来问话做笔录。

好在除了监控外，没有实际性的证据能证明是辜冬所为，所以简单的问询后，她便可以离开。

"好的，辜小姐，"做笔录的警官问完话后搁下笔，朝辜冬说，"感谢配合调查，你可以离开了。"

辜冬一顿，试探地问了句："警官，请问到底是怎样的一起命案啊？很严重吗？涉及的范围很广吗？能尽快抓住凶手吗？"

警官看她一眼，严肃道："辜小姐，出门左转就是大厅，没什么事的话，你可以离开了。最近几天电话最好时刻保持畅通，我们的人可能还会随时联系您。"他语气缓了缓，"请放心，捉拿罪犯是我们的职责。"

这警官看样子并不打算透露一丝一毫消息给她了。

"好的，多谢警官。"见打听不到什么消息，辜冬只好乖觉地起身离开。

这么多突发事件都挤在一块，让人不由得联想其中是否有着某种关联。

辜冬一边往外走，一边思索，这起命案，是否……与被邪灵掌控的"高启隽"有关呢？

带着这种疑问，她又往医院跑了一趟，可惜的是，命案发生的急诊大楼附近来来往往的警察很多，她并不能如愿接近。

辜冬隔着走廊远远看了一会儿，便在心底里打定主意朝隔壁住院大楼走去。

病房的门半掩着，辜冬稍作犹豫便推门走了进去。

果不其然，在里头看到了最近一直没有跟她联系的余衷情。

每每自己打电话过去，余衷情都推说太忙，但一旦自己去酒吧找她，却不见她人影。

她果然又在医院，又在这间病房，与沉眠不醒的高启隽在一起。

"衷情姐。"辜冬不知该松口气还是该叹息。

看到辜冬出现，余衷情一怔，脸白了白，她站起身，语气淡漠："你怎么来了？"

辜冬飞快地扫向病床，开始仔细打量病床上的高启隽。他好端端地躺在病床上，整个人无比消瘦，眼窝深陷，安安静静的，看起来是一个再正常不过的植物人，丝毫看不出被邪灵掌控过的痕迹。

辜冬打了个激灵，虽然据黑斗篷男子所说，这占据了高启隽身体的邪灵白天并不能行动，是沉睡的状态，再加上现在遭到反噬，暂时害不了人了……但经历了昨晚的惊险后，她还是心里没底。

她急急拉住余衷情，试图拉她出去："衷情姐，你听我一句劝，你最好还是不要太和高启隽接近，他现在的状态很危险……"

余衷情的眉头隐忍地一皱，好像很不耐烦听到这些。

"我知道。"

"我昨天晚上……"辜冬还打算继续说，却被余衷情打断。

"我没兴趣知道你昨天晚上在做什么。"余衷情说着，看也不看辜冬，径直拉过身旁的行李箱，"我还有事，先走了。"

辜冬一愣，有些反应不过来，又再度去拉她的手臂："你要出远门吗？怎么都不告诉我一声？"

余衷情痛苦地皱起眉，下意识甩开辜冬的手，伸手按住左手手臂。经过这番动作，辜冬这才注意到，余衷情的左手手臂明显比右手手臂要粗上几圈，她此刻看起来异常虚弱，脸上嘴唇上一丝血色也无。

辜冬赶忙上前紧张地扶住她："衷情姐，你怎么了？你是不是受伤了？"她眉头越蹙越紧，猜测道，"还是说，酒吧又有人来找麻烦？你们打起来了？"

余衷情拂开辜冬的手，嘴唇一抿，不屑地笑："他们？怎么可能。"

语毕，她再度头也不回地往外走。

辜冬彻底呆怔在原地，对，这样气场全开，天不怕地不怕的余衷情，才是她最熟悉的余衷情。只是，她平日里就算再古怪孤僻也不会对自己这么冷漠。

"余衷情！"

辜冬喊住她，有些委屈和恼怒："你怎么回事，余衷情？你还当我是朋友吗？现在什么都不肯对我说了是不是？连要出远门都不肯告诉我了？如果不是我来这里亲眼看到你提着行李箱，你是不是都不打算让我知道了？"

面对辜冬的问话，余衷情停下了脚步，她神色并没有任何变化，她别开眼兀自一寸寸收紧手指，半晌，才干涩地开口："我有急事需要出去一趟，可能十天半个月都不会回来，你要是有时间的话，可以替我去照看看酒吧，如果没时间……也没有关系。"

她又默了几秒，言语中是说不出的疲惫和冷静："不用给我打电话，有时间的话我自然会联系你。"

　　行李箱的轱辘声渐渐远去，辜冬望着余衷情的背影有些泄气，却又丝毫没有办法，静了静，她只好独自走出高启隽的病房。

　　病床上，高启隽的手指仿佛动了动，有普通人肉眼看不见的纯黑色微光自身体里缓慢溢出。

　　左右无事，辜冬又去看了谢子砚，几个小时后就要进行第一次化疗了，头发也会渐渐脱落，但他还是一副吊儿郎当无所谓的样子。

　　他状态并无异样，看来昨晚上不管是出于什么原因，"高启隽"并未对他做什么，辜冬暗暗放下一颗提起的心。

　　一见到辜冬，谢子砚就抬抬下巴调笑道："手机拿走了？"

　　见辜冬点头，他笑意更深："好啊你小咕咚，趁我睡着又偷偷来我病房，不会对我图谋不轨吧？"

　　辜冬翻翻白眼，嫌弃道："算了吧，我可没兴趣图谋不轨，我没怪你擅自接我电话就算好的了。"

　　谢子砚弯弯嘴角，老半天他才状似无意地问："那个打电话给你的，是什么人？"

　　辜冬想了想，谨慎地说："任课老师、顶头上司……唉，总之很复杂就是了。"

　　于公，傅筠来的确是负责任的老师，也勉强算得上是一个大方馆长上司，但他私底下却对她挺好，甚至是称得上亲密的那种好，所以她才会暗戳戳不要脸地怀疑傅筠来喜欢她。

　　"是吗？"见辜冬认真思考的样子，谢子砚笑意淡了淡。

　　和那人通电话的时候，明显能感觉到那人对自己说话语气的冷漠生疏，恐怕……不只是任课老师和顶头上司这么简单吧。

又断断续续聊了几句，谢子砚将手枕在后脑勺，一脸似笑非笑："听说了吗，医院发生了命案。"

辜冬叹息，将自己被警察请去喝茶的乌龙事讲给了谢子砚听。

谢子砚嘲笑了老半天才说："听我那八卦的助理说，死者是个女人，看起来挺有钱的，也不知道惹了什么人。"

"哎？你还知道些什么？"辜冬眼睛一亮，来了兴致，急急想要知道是否和猜测的一样，与"高启隽"有关系。

谢子砚却显然没什么说八卦的兴致。

"算了，不说这些晦气事了。哦，对了，"谢子砚说，"忘了告诉你，电话里那人说，余衷情去图书馆找你了，看起来很着急的样子。"

"啊？衷情姐？"辜冬张张口，有些怀疑，"我今天见到她的时候，她怎么都没告诉我？她是什么时候去找的我？"

谢子砚略一思索："我接到电话的时候，是十一点左右。"

辜冬皱起眉头，喃喃："她怎么会这么晚来找我？"

"应该是有什么急事吧。"谢子砚沉吟，"九点多的时候她还来看过我一趟，我还觉得奇怪，她平日里明明跟我也没那么亲近，果然，没坐多久她就走了，看起来不像是看望病人而像是在躲什么人。那时候她看起来好端端的，并没有什么异样。"

辜冬更疑惑："看起来好端端的……你说她看起来好端端的？"

不知想到什么，她一僵，霎时浑身冰凉。

辜冬找了个借口急忙作别谢子砚，自急诊大楼没有监控的窗口翻身进入了卫生间，之前看到的警察早已离开了，里头一个人也没有。

辜冬虽然平日里循规蹈矩，但特殊情况还是胆大出奇的。

甫一站稳，映入眼帘的便是满眼暗红。卫生间的地板上、墙上、隔间门口，大片大片干涸的血渍尚未来得及清理，整个卫生间仅仅是被紧急封门处理，估计警方那边需要保留案发现场，做后续调查。

如果谢子砚说的时间线没有错的话，晚上九点多的时候余衷情没有异样没有受伤，十一点左右余衷情急切地来找自己。如果假设她那个时候已经受伤，那么，是否预示着她就是在九点到十一点之间的这个时间段受的伤呢？

这个时间段她是否一直待在医院？

难道……

她与这起将自己也莫名其妙卷入其中的案件有关联吗？

无数的疑问喷涌而出，不敢细想，辜冬颤巍巍蹲下身子，大脑还未反应过来，手指便径直触摸向那干涸的血渍。

接触的那一刹那，一种剧烈的疼痛感自指尖传向五脏六腑，她躲无可躲，这疼痛感几乎要将她撕碎，但不过须臾，这疼痛渐渐趋向平稳，她尚未来得及从这昏昏沉沉的状态中反应过来，无数支离破碎的画面猝不及防地涌入她脑海中。

这一瞬间，她仿佛置身于案发现场——

周遭一切干净如昔。

光影明灭间，她听到了争执的声音，看到了模模糊糊却又近在咫尺的人影。

其中一名女子的嗓音很熟悉，她强忍着性子对另一个衣着华贵的女人解释："……我说了我不是小三，也不会破坏你的家庭。"

衣着华贵的女人很不屑，她打开水龙头慢条斯理地开始洗手："别假惺惺了，你说不是我就要信吗，那我还偏要说是你破坏了我的家庭呢。"

沉默了良久，嗓音熟悉的女人低声开口："叫我过来，你到底想怎样？"

"我想怎样？"那华衣女人终于关掉了水龙头，她声音骤然压低，不知道说了些什么。

那嗓音熟悉的女人站直了身体，她有些怒了，冷笑："你想都别想！"

华衣女人也不急，靠近她几分，又说了几句话。

那嗓音熟悉的女人冷哼，不欲再与华衣女人纠缠，径直往外走，却被华衣女人挡住了去路。

一番推搡，一柄小巧精致的匕首自嗓音熟悉的女人口袋里掉出。

华衣女人惊呼："你居然随身带刀？！"

但那声惊呼很快变成一连串的笑声，她甚至主动捡起刀，将脸凑近了刀锋。

"来呀，有本事就伤了我，有本事就杀了我，看你怎么有脸到高启隽面前解释。"

见她不说话，华衣女人笑容越盛："说不定啊，高启隽见我死了，会转而将你扶正呢……这不正是你想看到的吗？"

"要么答应我的条件，要么……"华衣女人趁她怔忪之际，主动将刀锋对准自己的手臂划过去，挑衅道，"你就杀了我吧！"

两人不停纠缠，匕首终于被那个嗓音熟悉的女人夺了回来。

趁其不备，华衣女人攥紧她的手突然狠狠朝自己的腹部插了进去……不过须臾，匕首自两人中间掉落，鲜红色的血液如泉涌，华衣女人瘫倒在了血泊之中……

终于，不知过了多久，种种纷纷扰扰的声音和画面终于重新归于沉寂。

眼前依旧是早已干涸的暗色血迹，刺得辜冬眼睛生疼，她一个踉跄后退几步，手指与血渍分离开，身体撞到冰冷的洗漱台，钝痛感冲散了刚才手指尖的酥麻。

辜冬在原地呆怔了好久，她隐约明白这种奇异的体验可能与神秘的黑斗篷男子教授给她的东西有关，但她此刻无暇顾及这些。

第一次经历这种身临其境，她的心脏开始剧烈跳动，甚至连泪水也不自觉地流了出来。

不是因为亲眼目睹了死亡现场，而是因为，她无比清楚地明白，她方才手指所触到的……是余衷情的血。

刚才映入眼帘的人，不是旁的什么人，恰好就是她再熟悉不过的余衷情，她能真真切切地感受到余衷情的的愤怒、不甘、绝望。而死掉的女人，正是她曾见过一次的高启隽的妻子。

现实比猜测更可笑也更残忍，不是所谓的邪灵"高启隽"犯下的命案，而是余衷情。

阴错阳差间，是她在这个世界上最好的朋友余衷情，杀了人。

|第九章|

同情心？那是什么东西？

"咚咚咚！"

女卫生间门口传来三声敲击声。

辜冬泪眼朦胧，慌乱地朝门口一看。

"你怎么会来这里？"她又惊又诧，急急地擦了一把眼泪，生怕突然出现在门口的傅筠来看到自己窘迫的样子。

"我怎么会来这里？"傅筠来呼出一口冷气，扬起薄薄的半边嘴角打量她。她或许永远也不会明白，他与她之间与生俱来的吸引力，随着她能力的增强而渐渐显露出来了。

她刚才因为触及余衷情的血，突如其来的能力爆发让本在忙其他事情的他感受到了。本不想多管闲事，却还是遵从本心忍不住找了过来。

"来卫生间，除了解决必要的生理问题，还能是什么？"傅筠来淡淡说。

辜冬呆愣地抬眼看他，脑子一时转不过弯来，忘了这层楼的卫生间已经被封锁，老半天才说："……可这里是女厕所。"

傅筠来并未回复她，他的视线淡漠地自卫生间里的血渍上划过，最终停在蹲在洗漱台旁的辜冬身上，她小小一只，双手抱着膝盖，眼睛湿漉漉的，看起来可怜得紧。

她在难过。

他突然俯下身子近距离蹲在辜冬面前，深邃的眼定定注视着她，眼底突然涌现出某种复杂的情绪。他稍显粗糙的指腹并不算温柔地擦掉她眼尾的水渍，这才起身。

"走吧。"

辜冬没有动。

她声音闷闷的："昨晚余衷情是不是来找我了？"

傅筠来狭长的眼一眯，冷道："好像是有这么一回事。"

辜冬倏地抬头望着他，声音不自觉发抖："她来找我的时候……是不是受伤了？"

傅筠来语调平静："唔，大概是。"

辜冬咬紧下嘴唇，老半天才说："她是不是伤得很重？她伤得很重是不是？你说，她是不是伤得很重……"

她语无伦次，泪水又开始不受控地涌出来，她强忍着压低声音："我都看到了……她流了好多血，好多血……"

"怎么……你是想质问我？怪我不及时告诉你？"傅筠来眸光渐暗。

辜冬摇摇头："我知道你给我打过电话……但是……"明知道自己没有接到电话，为什么今天不再度告诉自己呢？如果今早自己知道了，那在上午见到余衷情时，还能好好和她说几句话，而不是质问她，让她雪上加霜。

"你知道了又有什么用？"傅筠来一眼看透了她的想法。

"人死不能复生，你帮不上忙的，不要太高看自己。"傅筠来语气冰冷得不可思议，"劝你最好不要自视甚高，乱蹚浑水。"

"你知道？"辜冬双目瞪圆，不敢相信，"你知道她与医院的命案有关？"

傅筠来眉眼一派平静，他昨晚一见失魂落魄的余衷情就有了疑虑，清晨知晓医院出了命案，去看过死者尸体后，便得知了全部真相。

"知道又怎样？告诉你？让你变成现在这副样子？"他语调疏离，似讥讽。

"她是我最好的朋友！现在却要被迫安上杀人的罪名！"辜冬气急。

"所以？和我有什么关系？"傅筠来嗤笑。

辜冬急红了眼："你这个人到底有没有同情心？！"

"同情心？"傅筠来轻声重复出这三个字，他侧头望向辜冬，狭长的眼微微眯起蓦地一笑，冷冰冰的不带任何情绪，"那是什么东西？"

听了这句回话，辜冬难以置信地看着他，她浑身气血向上涌，背脊也阵阵发凉，不敢相信傅筠来居然冷血至此。

老半天，她才僵硬地冷笑一声："是，是我想太多，是我太高看你了。"

她垂下眼睫，看不清表情，自顾自喃喃着："你怎么会有同情心这种东西呢？你根本就不了解余衷情，你根本就不清楚其中的原委，你根本就……"

辜冬长长吐出一口气，残忍地说："像你这种人，难怪整天独来独往，难怪没有朋友。"

傅筠来一副要笑不笑的样子："怎么，教训我？"

"我怎么敢教训您？"辜冬轻笑一声，湿润的泪水再次涌向眼眶，"您真是说笑了。"她刻意加重了"您"这个字。

落在傅筠来耳里更是刺耳，他扯着嘴角低声短促一笑。他性子本就倨傲，不容人反驳，此番被辜冬的反复顶嘴也弄得来了脾气。他再度蹲下身子，用了些力道捏住辜冬的下巴，辜冬被迫直视着他的眼，他面容冷峻得厉害，嘴唇也泛白得厉害，估计病情又加重了。

辜冬心里依然气不过，一副英勇就义的样子，瞪着他眼睛眨也不眨，却还是碍不过泪水涌出眼眶，溅落在他冰凉的手指上。

"啧，真是固执。"傅筠来喃喃，他极快速地一蹙眉，说不上是烦躁还是什么。

下一秒，他松了手，不再管她，淡漠地起身径直走了出去。

直到傅筠来的背影消失在视线尽头，辜冬才松了力道，失魂落魄地瘫倒在地上。

也许是刚才这番说话的声音太大，惊扰了外头的人，有脚步声朝这边走近。

"是谁在这里？"走近的那人厉声道。

辜冬倏地抬眼，下意识起身后退一步，却根本来不及躲藏。

"辜小姐？"

走进卫生间的那人，恰好是白日里那个警察。

他皱起眉，若有所思地打量着上午才见过一面的辜冬双眼红肿，他脸色一点一点沉下来，挥挥手示意身后的警察将其扶起。

"辜小姐，你打算怎么解释为什么会在这个时间段出现在案发现场？"

深夜十一点，寒风瑟瑟。

辜冬在警察局审讯室外的长椅上蜷成一团，脑子里一团糨糊。

如果昨天晚上，她经过卫生间门口时，走进去看哪怕一眼，是不是就能阻止这场有预谋的命案呢？

如果自己没有忘记带手机，收到了余衷情来找自己的消息，是不是就能为当时慌乱无措的她提供哪怕一点点帮助呢？

可惜，没有如果。

阴错阳差间，自己没能第一时间替自己最好的朋友分担这么重要的事情，而这场错过，让自己丧失了亲口安慰安慰余衷情的机会。所以，她索性不打算告诉自己了是吗？她无法解释清楚到底发生了什么，所以打算承担杀人的责任是吗？

她走了，独自一人，又能去哪里呢？

她到底和高启隽之间发生了什么，又与高启隽的妻子之间有什么交易，真相到底是什么……一切都是未解之谜，而此时此刻的她，迫不及待地想要解开这一谜团。

直到有不急不缓的脚步声停在她身前，繁杂的思绪被打断。

辜冬一静。

"还打算坐到什么时候？嗯？"他嗓音低哑而熟悉，带着一贯的傲慢。

辜冬没抬头，也没说话，默默咬紧牙齿，眼眶没来由地又是一酸，她自己也说不清是委屈还是别的什么。

只听见傅筠来走至值班的警察面前，解释了几句，不知说了些什么，那警官很快便朝她走过来，示意道："辜小姐，你可以离开了。"

"谢谢。"辜冬起身，活动了下脚踝。

"傅先生为局里帮过不少忙，你早说认识傅先生，有他做担保人，也不至于被扣下来这么久。没什么事的话，就回去吧。"那警察说道。

辜冬没说话了。

傅筠来向那警察道了谢，也不管辜冬，率先走了出去。

坐了好几个小时，辜冬双腿阵阵发麻，她犹自强忍着，慢吞吞跟在傅筠来身后走。

骤然从温暖的室内走出，甫一接触到外头寒冷的空气，辜冬便情不自禁打了个喷嚏。

傅筠来停住脚步，侧目睨她一眼。

"活该。"

辜冬吸了吸鼻子，心不甘情不愿地问："你怎么会知道我在这里？"

"到警局里办点事，顺道捞你而已。"傅筠来说。

他本就是警局的常客，为了行事方便，顺手帮过警局不少忙。

见辜冬迟迟没有回来，便猜到可能她正好与来进行扫尾工作的警察碰上了。

"哦。"辜冬点点头，情绪仍然低落，不咸不淡地说，"不管怎么样，还是谢了。"

之前的争执没有那么快能和解，辜冬无法短时间里说服自己拉下面子向傅筠来道歉，况且，她并不觉得自己有做错什么。

"嗯。"

傅筠来淡淡应了一声，在她看不到的角度，嘴角很轻弧度地翘了翘。

辜冬不是性子冲动的人，出身环境使然，历来善于变通，懂得见机行事。见傅筠来主动来找她，便也不跟他闹，乖乖随着他上了车。

但即便如此，她心里仍然堵着一口气。她始终别开脸，不想说话。

"你觉得自己很厉害是吗？"良久，傅筠来打断了短暂的沉默，低声斥道。

他平静地望着前方，低哑的嗓音不含情绪："想凭一己之力洗脱那女人的清白？为此不惜自己三番五次进警察局是吗？居然冲动至此，擅自闯案发现场？"

"这次只是意外而已，"辜冬尽量让自己保持心平气和，"而且我是在警察勘察完毕现场后才进去的。"

"对，这次是意外，上一次也是意外。"傅筠来淡淡讥讽，"如果我没来捞你，你是不是打算在警局被关个十几二十天的？留下案底？"

辜冬咬牙："就算你不来，我也会另找别的方法出来。"

实在不行的话，她可以去找谢子砚帮忙，虽然她并不想在谢子砚生着病自顾不暇的情况下还去麻烦他。

"那你可真是好本事。"傅筠来轻笑一声。

辜冬忍了忍，勉强笑笑："比不得傅教授好本事，连警局都来去自如。"

傅筠来一声冷哼，正欲说些什么，他脸骤然惨白，急急踩了刹车，车子安全地停在路边，这才压抑地咳了一声，这声咳竟让他生生咳出一口黑血来。

早已不是第一次咳血了，他漫不经心地抬腕擦去嘴角的血渍。

他自嘲地笑笑，心里明白得很，他的身体随着时间的推移越发衰败了，他并不能长久地维持着人形，这么多年不会老去的他辗转了多座城市，好不容易找到小镰刀，却怎么也没料到此时的她受凡尘琐事影响，羁绊良多，早已不是最初依赖他的样子了。

很快，他这具人类身体便要烟消云散了。

这世间，将再也没有人类傅筠来的存在。有的，只是忍受了数千年孤寂的引路者。

"傅教授？！"

辜冬被他这口血吓了一跳，急急忙忙从车里扯了几张纸递给他，刚才的赌气渐渐消散，说话也结巴起来："傅教授，你……要不咱们现在去医院吧？"

"不用去。"傅筠来勉强调整好呼吸，嘴角弯了弯，眼底一片幽深，"去医院也没什么用，还是别浪费时间了。"

"那怎么行？不管怎么说，医生才是最了解你身体状况的人，我送你去医院吧。"辜冬说。

"不用。"他语气变冷，下颌紧绷，"我了解我的身体状况。"

辜冬看着他，知道自己无法改变他的心意。

"你别逞强了，都这个样子了还出来找我……"说到这里，她一默，低头解开自己那边的安全带，"你这样的身体状况，还是别开车了，我来吧。"

傅筠来颇有些意外，扫她一眼："你会开车？"

"嗯。"辜冬点点头，"余衷情去年对学车感兴趣，便喊上我一起去考了个驾照——你先别说话了。"

傅筠来果然不说话了，他下车，坐到后座，换辜冬来开车。

辜冬刚刚起步，便听到傅筠来在后座轻描淡写般开口："死掉的女人名为成思薇，掌管着多家上市公司，她的丈夫名为高启隽，是个普普通通的调酒师，经济差距越来越大，导致他们之间感情破裂聚少离多，早已分居两地。"

他嗓音比往日还要低哑几分："半年前，为了维持自己顾家的好名声，同时甩掉拖油瓶高启隽，成思薇策划了一起车祸，有意撞死高启隽，可阴错阳差，高启隽被你的朋友余衷情救了下来。"

这些讯息，他在为查清高启隽为何失去灵魂而来这座城市前，便早已获知。不曾想，现在这桩事越来越复杂，与越来越多的人类产生纠葛，甚至将辜冬的朋友连带着辜冬也扯了进来。

辜冬僵住，她一动不动，连呼吸也不敢。

这一瞬，所有零零散散的点都串到了一起，那起车祸本该让高启隽顺利死去，却因为自己在其中产生了某种作用，改变了这一既定结果。

这是一起蝴蝶效应，往后，不知道还会掀起怎样的惊涛骇浪。

"余衷情与高启隽之间的关系，余衷情与成思薇之间的关系，水深得很，余衷情最终决定不告诉你实情，其实是为了保护你，你不该自己查。"

而他，也是出于这个想法，想要力所能及地阻止她陷入其中。

傅筠来双眸沉了沉，拿纸巾擦拭掉指尖的血迹，慢慢地说："事情很棘手，远远不是谁陷害了谁，谁杀了谁这么简单，如果你真的打算帮余衷情，切记万万不可冲动，尤其不可主动撞枪口，被警察盯上。"

说完，他吐出一口气，暗自咽下喉咙里再度涌起的血腥味。

辜冬眼底一片酸涩，良久没有说话。

习惯了对人对事处处笑脸相迎的她，在面对傅筠来时，却一次又一次情绪失控，她也不明白究竟是为什么。正如现在，她应该向傅筠来道个歉，可嗓子眼却被堵住了一般，一句话也说不出来。

傅筠来他口头上责问自己，实际上，是替自己去调查这桩案件了吗……

"你……是怎么知道的？还知道得这么详细？"她低声问。

傅筠来自嘲地扯了扯嘴角："谁让我连警局都来去自如呢？"停了停，他又说，"车祸未果，警察就算查到成思薇身上也无法对她怎样，更何况她能花钱摆平这些。"

他低低咳嗽了几声，难受的感觉再度涌上来，他便不再言语。

又过了良久，辜冬默默攥紧方向盘，望着车窗外五彩斑斓的霓虹灯，声音微不可闻："谢谢你，傅教授。"谢谢你帮助我，谢谢你告诉我这些。

　　傅筠来置若罔闻，他单手支颐阖上双眼以一个舒服的姿势躺在后座上，一副意兴阑珊的样子："好了，回去吧。"

|第十章|

这次，我会抓紧你。

次日是周一，本以为傅筠来病重，需要好好休息，今日不会来上课，没想到他还是来了。

与昨日相比，傅筠来看起来状态好了许多，仿佛昨晚的吐血只是一场梦。

辜冬暗暗松了一口气。

他心情颇好，比平日里随和了许多，连带着，课堂气氛也轻松了许多，班里只要一上他的课就惴惴不安的同学们都放松了下来。

同学们是开心了，但辜冬却一点也开心不起来。

因为——

"辜冬。"

傅筠来合上厚重的教材，慢条斯理抬眼："你来给大家讲一讲这桩历史事件。"

"我？"辜冬迟疑地站起身，左右环顾一圈，这才干巴巴道，"傅教授，你平时不是没有喊同学回答问题的习惯吗？"

"不会？"他一挑眉。

"不不不，"辜冬赶紧摇头，堆上笑脸，"我会，我会。"

上次课他才强调过的知识点，说不会的话，估计自己无法活着走出这间教室了。

磕磕绊绊好不容易回答完傅筠来心血来潮的问题，辜冬刚刚坐下不久——

"辜冬。"

辜冬扶额，绝望地站起身。

"对于这桩历史事件，你有什么见解？"傅筠来嘴角噙笑，戏谑地瞧着她。

辜冬咽了咽口水，在心底腹诽，傅筠来摆明是要整自己吧，就因为昨日里自己和他顶嘴了？还险些误会了他一番好意？他就这么想看自己出糗？

虽然这么想，她还是老老实实回答了傅筠来的问题。

"我……没有见解……"她嗫嚅。

同学们哄堂大笑，傅筠来眼底也浮现出一丝笑意，他示意辜冬坐下，这才开始继续讲课。他语言诙谐，经他口的事件都生动有趣。

辜冬虽然怨他让自己出糗，却委实有些好奇，他怎么会懂这么多历史事件，连冷门的乡野传闻他也能点评一番真假，好像他都通通经历过一遍一样。

好不容易，终于挨到了下课。

"辜冬，你和傅教授很熟？"有女同学好奇地问她，"他今天怎么老是喊你回答问题？"

"不熟不熟！他是老师，我是学生，有什么熟不熟的……"辜冬讪讪笑，"一直喊我回答问题，不应该是很熟，而应该是有仇吧？"话音刚落，门口处又传来傅筠来的声音。

他停在门口，回头望向她的方向，狭长的眼微微眯起："辜冬。"

"哎！"辜冬条件反射地应了一声，她一个哆嗦，几乎要以为自己刚才的话被他听到了。

"过来。"傅筠来说。

问她话的女同学推搡她一把，眼睛里冒着八卦的光："去吧，辜冬，傅教授肯定是有非常重要的事情找你。"

辜冬没办法，总不能当着同学的面忤逆老师吧，只好不甘心地随着傅筠来走了出去，往外走的这一瞬，她突然冒出一个奇怪的念头，傅筠来好像只有在学校才喊过她的名字，平时从来不喊她的名字。

但这念头只是一闪而过。

"傅教授，你有事找我？"到了他办公室后，辜冬客客气气地问。

傅筠来神色淡淡，将自己密密麻麻写满了注释的教材递给她："其余同学一下课就跑来问我问题，生怕自己落后，倒是从不见你来问我。"

"我懒嘛……这不是怕你太辛苦嘛……"辜冬讪笑，接过教材随手翻了翻，重要的知识点都写得很详细。

"你这……算是给我开小灶吗？"辜冬试探地开口。

"你觉得呢？"

傅筠来狭长的眼睛眯起，也不知道是嫌弃她还是要帮她："笨鸟先飞这个道理，还要我教你？"

辜冬也不气，咬着嘴唇，眼睛弯了弯："谢谢你啊。"

接下来的几天里，辜冬陆陆续续又接到了警方的传唤，通过现场指纹的提取，警察已经查到余衷情身上了。她是余衷情的好友，再加上那日出现在案发现场，委实可疑得很。

好在，她并不知道余衷情去哪里了，也算不得是知情不报。

她只暗暗期盼着，余衷情躲得远一点，再远一点，多给自己一点时间，替余衷情找出答案。

她虽然急，却也明白，干着急并没有任何用处，于是她这几日抽空去了一趟高启隽工作的酒吧。

除了听闻一些高启隽人很好，桃花也很旺，带动了酒吧的生意，高启隽自突然生病住院后，酒吧便渐渐冷清之类的废话外，倒是得到一个不知道算不算有用的信息——高启隽与成思薇，有一个女儿。

……

犹在发呆，耳旁便响起傅筠来的声音。

"累了就去休息，别浪费时间。"说完，他就径直往办公室的方向走。

辜冬摇头如拨浪鼓，赶紧加快了手头上的动作："不累不累。"

傅筠来停了停脚步，侧头打量她一眼，便不再管她。

虽然傅筠来之前说来这里兼职是没有工资的，但月底的时候，她还是得到了不少的补贴，要是再不认真干活，委实说不过去。

更何况，她还没有因为上次余衷情的事感谢他，当然绝对不可以偷懒了。

一旁女负责人狐疑地看着傅筠来的背影渐渐远去，他字里行间明明是在关心辜冬。

她脑海里不由得回想起傅筠来几日前，也就是有警察来找辜冬问话那天晚上，与自己的简短对话。

傅筠来说话从不拐弯抹角，所以毫无心理准备的她，结结实实被傅筠来的问题吓了一大跳——

"你可知道如何追人？"傅筠来平静地问，他头也不抬，和要她罚抄员工手册时的表情一模一样。

"……"女负责人一时语塞。

"你不知道？"傅筠来皱一皱眉，这才抬了抬眼。

没有啊傅教授！只是被你突如其来的接地气吓到了而已！女负责人赶紧摇了摇头，突然觉得，傅教授问自己这个问题，是出于看重自己的能力，自己可不能辜负了傅教授。

女负责人想了想，也不敢问那个傅教授要追的人是谁，只好慎重地说："对她好，在她难过的时候陪着她，力所能及地帮助她，肯定就能感动她的吧。"

"难过的时候？"他重复道。

傅筠来沉默了，几秒后，他挥挥手让女负责人出去，自己也随之起身，打算出门。

看傅筠来难得认真的神态，女负责人默默咽下了剩下的半句话：这种事情因人而异，要是成功不了，那可怪不得我啊……

转眼又到深夜。

辜冬迟迟没有回学校寝室，傅筠来也没有管她，早早就消失了，估计是回房间休息了。

前几日晚上，黑斗篷男子一直没有来找她，不知道在忙些什么，而她也有好几个问题想要问他。

那次触摸余衷情的血渍之后，她与黑斗篷男子越发心灵相通。他在梦境中给过她消息，他今晚会出现。

还未等到黑斗篷男子，睡意来袭，辜冬迷迷糊糊打着瞌睡，窗外突然掀起一阵风，冰冷的凉意打在辜冬脸上，她一惊，睁开眼。

"困了？"

不知何时坐在对面的黑斗篷男子声音懒散，他手指随意敲击着桌面。

辜冬揉揉眼睛，吐舌头道："前几天睡得很早，今天险些撑不住……你这几天去哪里了？"

"怎么了？想我？"黑斗篷男子似笑非笑。

辜冬脸不着痕迹地红了一红，不想说谎否认，又不好意思承认，便不再继续这个话题。

终于见着了他，辜冬立马跟他说起这起命案来，还将在余衷情血渍中看到的情景告诉了他。

"……我原以为这起命案与高启隽有关，却没料到是与他的妻子有关，而且，我早些时候见到过成思薇，并未发觉她有将死之兆，这实在很不合常理。"

说到这里，辜冬有些泄气："现在衷情姐背上了杀人逃逸的罪名，我都不知道该怎么帮她才好。真不明白，成思薇为什么要为此搭上自己的性命。"

黑斗篷男子默默听着，良久才说："你可还记得我之前说的，我是为高启隽而来……"

"记得。"辜冬点头。

黑斗篷男子问道："你觉得他与普通病成植物人的人类相比，有何不同？"

辜冬微微睁大了眼睛，思考道："他住院后，我第一次见他是在谢子砚的病房里，那晚你也出现了，他全身弥漫着纯黑的微光，看起来像是邪祟之物，后来你也告诉我了，他的躯体被邪灵所掌控。第二次见到他的时候，他好端端地躺在病床上，呼吸正常，看样子与常人无异，唯独，他周身一丝亮光也没有，并不像活人。"

黑斗篷男子沉吟："邪灵之所以会占据他的身体，正是因为他失去了原本的灵魂。"

"对！"辜冬双掌合十，"这么一说，倒是和我之前的猜测吻合上了。"

"哦？"黑斗篷男子质询地一挑眉。

辜冬将余衷情知晓自己能力的事情告诉了他。

……

"是我的错。"辜冬很是愧疚，"如果我不擅自将高启隽将死的消息告诉衷情姐，高启隽便不会被强行留下性命来，便不会造成现在这样的局面了。"

"果然。"黑斗篷男子说，斜睨她一眼，"这就是逆天改命的后果。"

见他这副不咸不淡也不责骂自己的样子，辜冬更愧疚："不管怎么说，我会尽量弥补的。"

她知道，黑斗篷男子也说过，要驱散邪灵，需要一个强大的自己，虽然她依然不太明白与自己有何关系，也不敢确定自己是否真的可以强大到驱散邪灵……

见她这副样子，黑斗篷男子兀自一笑，语气放温和："放心吧，我会帮你的。"

辜冬微怔，心底刚刚漾起欣喜，却听到他继续说："免得你一个人把事情搞砸了。"

辜冬："……"

练习完今晚提升能力的内容后，黑斗篷男子正欲离开，却被辜冬喊住。她只想和黑斗篷男子待久一点，再久一点。

"对了，一直忘了说，我认识的一个人也很奇怪，他周身弥漫的是一层透明的雾气，初次看到他的时候，我有怀疑过，他是不是就是你。"

黑斗篷男子停在原地，不言不语。

辜冬倒是笑了起来："现在想来，他只不过是个普通人罢了，他跟你完全不一样。"

黑斗篷男子暗黑神秘，气场强大，而傅筠来病弱苍白一副风吹即倒的样子，他有心跳有呼吸，是一个活生生的人。虽说他们性子很像，相似点很多，都是倨傲又自负，但她无论如何也不能把这两个人联系到一起。

"不知道你有没有见过他，他性格跟你很像，说不定你们会很合得来。而且巧得很，他就是这家图书馆的馆长，名字叫傅……"

"好了，小镰刀。"

黑斗篷男子不是很耐烦地打断她，淡漠道："我对人类并不感兴趣。"

辜冬瘪瘪嘴，止住了这个话题。她倒是忘了，傅筠来只是一个病弱的普通人，与黑斗篷男子是完全不同的存在，又谈何合得来呢。

这一刻，她突然有些庆幸，自己不是普通人类，而是足以与他匹配的，身负异能的人。

想到这里——

"仔细说起来，你为什么一直叫我小镰刀呀？有什么特殊的意义吗？"她忽然好奇地问。

"特殊意义？"黑斗篷男子低低一笑，"当然有。"

"哎哎哎？是什么呀？"辜冬眼睛一亮，随即眼巴巴瞅着他，希望能听到一个浪漫的答案。

"想知道？"他嗓音越发低哑，带着某种引诱的味道。

"是呀是呀，特别想知道！"

"那就……如你所愿。"

黑斗篷男子今夜好像兴致不错，他不再多言，而是一把揽住辜冬在怀里，几个起伏就跃出老远，两边的夜景飞快地自眼底掠过。

辜冬这辈子从不敢玩刺激的游乐设施，风呼呼地刮在她脸上，她只觉得自己一颗心忽上忽下快要飞出胸腔了。她吓出一身冷汗，赶紧闭上眼睛伸手主动搂住黑斗篷男子的脖颈："你飞慢些……我不会摔下去吧？"

"不会。"黑斗篷男子否认，语气无比平静却又暗含深意，"这次，我会抓紧你。"

不过片刻，黑斗篷男子便带着辜冬停了下来，随即松开她，任由她自己站稳身体。

辜冬惊魂未定地喘了好久，这才得空打量四周。

这是一处僻静的农家小院，现下已经是深夜一两点，住在这里的居民们都睡下了。辜冬压低声音，生怕吵醒这户人家，然后再度尴尬地和警察碰面。

"你带我来这里做什么？这里和我有关吗？难道……"她随口猜测，"我上辈子住在这里？"

黑斗篷男子四下里扫了几眼，漫不经心启唇："你可知道，在你成为人类之前，你的真身是什么？"

"真身？"

辜冬一怔，紧接着热血沸腾起来，眼睛亮晶晶的："我还有真身？"

还没脑补过瘾，就听到黑斗篷男子懒散的声音。

"喏，你的真身就是它。"

辜冬循着他的目光看过去——

农家小屋旁是一个羊圈，里头养着几头白白软软的羊羔，大半夜还有两头最小的羊羔没有睡觉，有一搭没一搭地吃着草，听到外头的动静，它们好奇地张望着他们。

"你是说……羊？"

辜冬满腔热血瞬间被浇了个干净，她的目光狐疑地在那两只边咩咩咩叫着边探头探脑卖萌的小羊羔身上打转，随后干笑着自我安慰道："羊也不错啊，跟我想象的差……差得不远，这么可爱，还是挺符合我的嘛。"

黑斗篷男子睨她一眼："不是。"

"不是？"辜冬好不容易逼自己消化了这一事实，没想到被那该死的千年老骷髅无情打破，她暗自愤然，眼睛滴溜溜转，目光凝聚在了小羊羔的嘴里。

"草？不会是草吧？"辜冬瞪圆了眼睛，"难不成我是个草精？"

兀自脑补了一番，她忍不住笑出声："那我岂不是天天吃土就可以了？活该是只单身狗哈哈哈……要不要这么玄幻？"

黑斗篷看着她乐不可支的笑脸，有些不耐烦地再度否认："不是。"他伸手指了指那黑漆漆的角落，"是它。"

"什么呀？看不清……"

辜冬弯腰走近才自黑夜中看清，在羊圈旁边角落里，安安静静立着一把饱经风霜的割草镰刀。

割草镰刀……

她快速收回目光，故作镇定地走远几步："那什么，今天天气真好……这么晚了我们回去吧，你肯定还有别的事情要忙吧，去忙吧别管我了。"

黑斗篷男子一伸手，那镰刀便凭空落入他掌心，他随手颠了颠重量，朝不远处的辜冬招招手："过来。"

辜冬不动，甚至故意打了个哈欠："还真别说，我都有些困了。"

"过来。"黑斗篷男子嗓音越发邪肆危险。

辜冬心不甘情不愿地转身，见黑斗篷男子径直将那把无辜的割草镰刀递到她眼前，他语气里明显在调笑："喏，你的真身，就是这样。"

辜冬欲哭无泪。

"你不是骗我吧?"她还试图垂死挣扎,可怜巴巴地看着黑斗篷男子,"一把真、真镰刀?"

"嗯,千真万确。"

见她仍然哭丧着脸,黑斗篷男子安慰般拍拍她的头:"虽然诓你玩的确有意思,但我也不至于这么无聊是不是?"

一阵寒风袭来,辜冬抖了一抖,她感觉整个人都不太好了,她觉得自己无比绝望心如死灰,追寻千年老骷髅的前途一片灰暗。

自己与他不是同一物种就算了,真身还这么寒酸……

"你也不用过于难过,你的真身跟这把割草镰刀比起来,还是要威风很多的。"黑斗篷男子戏谑。

"多谢你告诉我哦。"辜冬垂头丧气,她更加艰难地扯了扯嘴角,有气无力道,"知道自己原本是一把威风的镰刀……我、我还真是很惊喜呢。"

黑斗篷男子嗤笑一声,看出她的心口不一,更加有心逗她,悠悠叹息一声:"你的真身是银色,因月光照拂而生。刀柄上刻满暗纹,高极头顶,浑身萦绕着莹白的微光,模样倒是不错,勉勉强强能与我匹配得上。"

听他这么一形容,辜冬脑海里便渐渐浮现出一柄银色镰刀的样子,刀锋处亮着微弱的莹白微光,煞是好看。

"那……我这把威风凛凛的镰刀,有没有什么威风凛凛的名字?"辜冬怔怔问道。

"狩猎镰刀。"黑斗篷男子说,"专属于引路者的狩猎镰刀。"

辜冬微怔，心神微动，经过这么久的相处，她当然明白黑斗篷男子的真实身份是什么。

引路者，沉浮于凡世，替寿命已到达尽头的灵魂引路。

在世人口中，他有一个通俗的名字——死神。

在东西方的各种神话故事里，死神往往手持一柄巨大镰刀，根据自己渐渐强大的能力联想，的确很符合。

自己……应该就是传说中的那把镰刀吧，与他无比契合的镰刀。

一想到以前的自己时时刻刻和他待在一起，以后十有八九也会陪在他身边，辜冬脸颊微烫，这种不可言说的欢喜也渐渐冲淡了刚才的不满。

她不再让自己继续深想，而是深吸口气，呵呵干笑一声："那你还真是会取昵称啊……是把镰刀就取名小镰刀，那你这件从来不见换一换的黑色斗篷不会也有个名字叫小斗篷之类的吧？"

黑斗篷男子没理会她的胡言乱语，而是定定瞧着她问："你怎知我会给其他东西也取名字？我就这么闲不成？"

辜冬一愣，抬眸看着他。

他的目光极具穿透力，虽然看不见，辜冬却能感觉到，与此同时，她能感觉到自己的心跳快要抑制不住了。

他抬手，皮质的手套落在她的头顶上，若有所思继续说："你可是我千辛万苦倾注了不少心血打造的灵物，这斗篷又怎么能跟你比？嗯？"

辜冬一愣，笑容反而淡了淡。

她低下头，看着自己脚尖："嗯，看来我果然很厉害呀。"

黑斗篷男子见她的反应并不如自己预期那样，也失了兴致，他俯身再度将辜冬揽在怀里，嗓音里不辨情绪："你快些成长，恢复成原本的样子，尽早，回到我身边。"

他怀抱微凉，让辜冬不由自主地打了个哆嗦，她闭上眼乖巧地贴在他胸膛上，试图感受他的心跳，但很可惜，他没有心跳也没有呼吸。

对，他本就是独自存活了无数年，没有感情的生物。

"嗯，好呀，我会努力的。"辜冬微笑着说。

按理说，他刚才的话明明是一句情话，辜冬却没有半分喜悦。

说到底，自己和这斗篷，其实没什么两样吧。只是因为自己力量比它们强大些，有灵气些，所以他便更偏爱些吧。

这个瞬间，她忽然觉得，自己一颗心一点点，冷却了下来。

|第十一章|

他俯首，轻轻吻了一下她的额头。

"傅教授，这几日我想请个假。"

说完这句话，辜冬一颗心提到了嗓子眼，她立在傅筠来图书馆办公室门口，踌躇着不敢上前，生怕被傅筠来一口回绝。

傅筠来这么小心眼的人，自己突然请上好几天的假，他一个心气不顺，肯定就会让自己卷铺盖走人了，那她想要下次再度与黑斗篷相见就没有那么方便了……

倘若在大街上与黑斗篷男子见面，要是被旁人见到了，肯定会觉得她是个自言自语的神经病吧……

在学校见面，就更不方便了……

她胡思乱想着这些后果。

"我有这么可怕？"

傅筠来停住敲击键盘的动作，慢悠悠抬眼看着辜冬。

辜冬咬咬嘴唇，赶紧走进去，半掩上门，露出一个谄媚的笑脸："没有没有，当然没有，我这不是走得慢嘛……走得慢……"

傅筠来狭长的眼一瞬不瞬地盯着她："说说理由。"

辜冬坐在傅筠来桌子对面的椅子上，一本正经道："是这样的傅教授，我也不瞒你什么，我前几日打听到高启隽与成思薇有一个女儿，他女儿现在正在 A 市。"

"所以你打算去找找线索？"

辜冬点头，想了想又摇头否认："只是打算去碰碰运气而已，衷情姐有困难，我不想什么也不做。我已经向学校请了几天假了，现在就等您准我的假了。"

"哦。"傅筠来随意笑笑，看起来心平气和的，"看来这假我是非准不可了。"

辜冬听出他话里嘲讽的意味，他越是平静越是没安好心，她一个激灵，赶紧摆摆手："没没没，您要是实在不准……"

辜冬一咬牙，一闭眼："那我大不了就不去了。"

傅筠来沉默了两秒。

辜冬也不说话了，暗自揣摩着他的意思，天大地大，老师和馆长最大，只期盼着傅筠来不要把她的话当真，她还是很想亲自去一趟 A 市的。

而且，她还是有一个私心的，余衷情既然离开了最熟悉的这里，会不会跑去 A 市了呢？高启隽是余衷情羁绊最深的人，他的女儿现下失去了亲生母亲，父亲也病重成了植物人，说不定余衷情会跑去照顾他的女儿呢。

趁着邪灵"高启隽"还未恢复过来继续作恶，她该借这个时间差做些什么。

　　"好。"傅筠来爽快地说。

　　本以为还要跟他讨价还价一番，没想到他这么干脆，辜冬心头一喜，态度也亲昵起来。

　　"傅教授你真好！那我现在就收拾收拾东西，跟他们打声招呼，明天就走。"

　　"嗯，"傅筠来合上电脑，抬了抬眉望着她，"正好我也有事要去 A 市一趟。"

　　"哎？"辜冬呆住。

　　"不如我们一起去，就当是出差了，工资也照常发给你。"傅筠来说。

　　他不等辜冬做出答复，就径直当她是默认了，拿起桌子上的手机给女负责人打了个电话："订两张去 A 市的机票。"

　　"嗯，两张，我和……辜冬。"他缓慢地喊出这个名字。

　　目瞪口呆反应不过来的辜冬："……"

　　去 A 市前，辜冬再度去医院看了谢子砚一趟。

　　他比上次消瘦了些许，一头好看的头发也掉光了，像一颗光秃秃的卤蛋。他这么自恋的一个人，想来心里也是不好受的。

　　见辜冬来了，谢子砚掐了烟，暂停掉电视，平静道："医生说我最多还能活半年，看来小咕咚你之前说的，倒是很有先见之明。"

　　辜冬眉头皱了皱，将他床头柜上剩下的半包烟丢进垃圾桶里，扯开话题："都什么时候了，你还抽烟，真不要命了吗？"

"命？"谢子砚喃喃，扯了扯嘴角，无所谓道，"反正也没几天了，还不如好好痛快痛快。"

见辜冬一脸不认同，谢子砚轻轻笑，将双手搭在后脑勺，抬了抬下巴，放轻松了语气："你过来，不会是要告诉我余衷情的事吧。"

辜冬顺势扫了一眼电视，谢子砚暂停的画面里恰好是余衷情的脸，他刚刚在看新闻，电视里的画面预示着，警方已经发布逮捕令了，她心里"咯噔"一下。

听辜冬说完余衷情的事情，和她打算去 A 市几天后，谢子砚表情依旧很淡，他甚至还有心思开玩笑："本该陪你一起去的，现在每天待在病房里，真是无趣得很。这么无聊，倒不如出院不治了，还能潇洒快活几天。"

辜冬只当他是在开玩笑，安慰道："胡说什么呢，你老老实实待在医院，医院的医生自然会想办法帮助你痊愈……只能活半年什么的，只不过是我当初一个玩笑，至于医生的话，他当然会尽量往严重了说，这样子以后治好了，才显得他医术高超嘛。"

谢子砚也不反驳，凝望着她笑："嗯，很有道理。"

他一顿，漫不经心问："你是一个人还是？"

"我和傅教授傅筠来一起去。"

谢子砚笑容一收："是吗？"

他当然记得这个名字，傅筠来。

辜冬安抚道："你安安心心地在这里养病，我从 A 市回来就来看你。"

谢子砚垂下眼睫，随口应道："好。"

到达 A 市时，已经是晚上了。

坐了一下午的飞机，强忍过味道不怎么样的飞机餐，辜冬饿得肚子咕咕叫，她有气无力地喊住走在前头的傅筠来："哎，傅教授你饿不饿？你走了这么久肯定很辛苦了，这样吧，我请你吃饭，也算是报答你答应让我去图书馆兼职的恩情！啊！还有报答你告诉我关于衷情姐的事情。"

"一顿饭就简简单单地报答了我好几件事，真是好划算。"傅筠来说。

辜冬不好意思地嘿嘿笑，立马抱大腿状："你想吃什么尽管说，只要我付得起，想吃什么都行！"

傅筠来睨她，不再多言，拖着行李箱和她进了最近的一家饭店。

左右酒店快要到了，吃个饭也费不了多少时间。

到了温暖的地方，傅筠来苍白的嘴唇也渐渐恢复了些血色，辜冬主动拍了拍他的肩膀："看吧，人哪，就是要多休息，尤其是病人。"

见傅筠来危险地眯着眼朝她看来，辜冬吐吐舌头："不说了，饿死了！"

傅筠来轻轻扬了扬嘴角，眼底浮出很浅的笑意。她这个人，给她点好处或者说稍微容忍她一点，就蹬鼻子上脸，之前客套乖巧的样子便荡然无存了。

和原本的小镰刀很像，却又完全不同。

饭店大厅电视里恰好正在播放那起医院命案的新闻，余衷情的脸也反复出现在屏幕上，辜冬一顿，愣愣瞧了瞧电视，她停住脚步，低着头拉住傅筠来："要不我们换一家店吧？"

傅筠来也注意到了电视上的新闻，他视线很快移开，转而拉住她的手继续往里头走："怕什么，你不就是为了这件事而来吗？"

辜冬拗不过他，只好跟着他往里头走，边走边说："不是怕，只是不想看到这类新闻，不想看到衷情姐背着杀人的黑锅……"

想了想，她又默默住了口，所有人都认为是余衷情杀了人，而她知晓实情是通过自己与生俱来的能力才知道的，估计傅筠来对案件的具体情况也不过是半信半疑吧。

她不宜说得过于肯定，傅筠来是个普通人，如果他向她刨根问底，那她压根无法对他说出实情来。

好在，傅筠来目不斜视，并没有追问她的打算。

菜上桌的时候，辜冬说："你说你来 A 市有事，我也有自己的事情，那不如明日我们就分道扬镳。你忙你的，我忙我的，互不打扰，怎么样？"

"互不打扰？"傅筠来随手夹了一筷子菜到辜冬碗里，眉头舒展开，"你怎么知道我的事跟你的事是不是同一件事？"

"同一件事？"辜冬蒙了。

她想了想，警惕道："难不成……啊！我明白了！"

"你明白了？"傅筠来轻笑。

"我就说你怎么一直这么关注这起命案，也没有随大流认定衷情姐就是凶手！还突然告诉我这么多线索！难不成！难不成！你喜欢衷情姐不成？"辜冬一副恍然大悟茅塞顿开的样子，"衷情姐长得好看，年龄跟你也合适，虽然脾气不是很好……咳，我是说，你要是真喜欢上衷情姐了也正常。"

继而，她一副惋惜的样子："可惜衷情姐喜欢的是高启隽，对高启隽痴情得很……哎，估计你没机会了，还是别想了。"

傅筠来没说话，面无表情地盯着她，嘴唇抿成一条线，在极力压抑自己不爽的情绪。

辜冬尚沉浸在自己的思路之中，只觉得自己心思敏锐，一双慧眼看透了这世间的一切，压根没注意傅筠来是什么表情。

她塞了一筷子菜到自己嘴里，啧啧称赞："这家店的味道还真是不错……哎，傅教授你别发愣了，快吃呀。"

傅筠来搁了筷子，冷道："不合我胃口。"

辜冬奇了，心里想着，这些菜不都是你亲自点的嘛，但口头上仍然说着客套话："啊？不合胃口？那要不你再看看菜单，再多点几个菜？"

辜冬后悔了。

看着傅筠来接连点了好几个又贵又不合她胃口的菜，辜冬脸都青了，只觉得自己才刚出门，钱包就要瘪了。她颤颤巍巍地拦住傅筠来继续点菜的手，反复平息心情，挤出一个笑脸来："傅教授，点这么多……咱们也吃不完的吧？要不？算了吧？"

傅筠来要笑不笑地睨她一眼，这才对服务员说："就这样吧。"

辜冬松了口气，却还是欲哭无泪，觉得肯定是自己一时冲动戳破了傅筠来的心思，所以他才报复自己。

见辜冬苦着脸不说话了，傅筠来嘴角一弯，慢条斯理叹息一声："作为老师，让你一个学生出钱，好像有些说不过去。"

辜冬脸色一缓，期待地瞧了瞧傅筠来："傅教授，你的意思是？"

"但拂了你的一番好意，好像更说不过去。"傅筠来说。

"……"

辜冬一颗心被傅筠来撩拨得忽起忽落，她更加郁闷了。她早该知道，傅筠来这人小心眼，锱铢必较开不得玩笑，是轻易招惹不得的。

"唉……"辜冬叹一声，无意识地拿着筷子搅动着自己碗里的汤，"我错了傅教授，我不该随便编排你。"

她眉眼弯弯，笑脸盈盈讨好道："刚才的话都是我胡言乱语，您大人有大量，千万千万不要当真！千万千万不要和我计较！"

她长得本就显小，长相是可爱那挂的，撒娇卖乖这招对她而言最有效，就是不知道傅筠来吃不吃她这套。

"付不起？"傅筠来轻而易举看穿她的小心思。

辜冬也不扭捏，忙不迭点头，双手合十状："下次下次，下次我一定请您吃大餐！"

傅筠来勉为其难，沉吟了几秒。

"那好吧。"

辜冬欣喜万分，感恩戴德道："傅教授英明！"

好不容易吃完饭，到达酒店后，辜冬率先取了房卡，拖着行李箱逃也似的走了，生怕傅筠来又逗自己玩："我困了，就先上去休息了，明天见！"

傅筠来几步跟上他，趁着电梯尚未关上时，走了进去。

他慢悠悠道："急什么？"

辜冬咽了咽口水，移开眼睛："没什么，急着上洗手间。"

"明天早上在大厅等我。"傅筠来说。

辜冬微讶："你真打算和我一起去见高启隽和成思薇的女儿？"

"难不成，我是开玩笑？"傅筠来一蹙眉，有些嫌弃她的反应迟钝。

辜冬还是无法理解："可是……为什么呀？"如果不是出于喜欢余衷情，想要帮助她的话，那会是什么原因？

话语刚落，电梯门开，到达了辜冬所住的楼层，她拖着行李箱往外走，不料傅筠来也拖着他的行李箱往外走。

傅筠来本就长得好看，容易招人侧目，看着走廊边服务员暧昧的眼神，辜冬涨红了脸，却无法解释，他们两人之间压根不是这种关系。

她停了脚步，害羞地磕磕巴巴道："你……你的房间不是在楼上吗？跟着我干什么？"

傅筠来一挑眉，见她胡思乱想，觉得好笑，语气忽而变得暧昧低哑："晚上去你房间……还能是什么？"

辜冬下意识后退一步，捂住胸口，讷讷道："是什么？"

"当然是……"他一顿，看着辜冬躲闪的眼神，一扬唇，"谈正事。"

辜冬："……"

"你在想什么？"他低头看着她，要笑不笑的样子。

"没，什么也没想！"辜冬尴尬地讪笑。

　　用房卡开了门，将东西搁下，辜冬找了个舒服的姿势趴倒在床上，深深吸了一口棉被里棉花的味道，这才双手撑着下巴说："如果不是出于喜欢衷情姐……咳咳咳，那你为什么要跟我来找成思薇女儿？"

　　"因为，"傅筠来寻了张沙发坐下，目光停留在她身上，不紧不慢地开口，"担心你一个人会出意外。"

　　辜冬一僵，这个正儿八经的答案显然让她没有预料到。

　　但她很快放松下来，他说关心的话就算了，还说得这么随意，一点诚意也没有。他肯定又在逗她，想看她的笑话。

　　她撇撇嘴："我哪会出什么意外……"

　　还是有些不安心，她又试探了一句："你……这么关心我啊？"

　　傅筠来"啧"一声，叹息道："你行事过于冲动、意气用事，以前是这样，现在也是这样。"

　　字里行间明明在嫌弃她。

　　辜冬不满，嘟囔着："什么以前也这样？我哪有？"

　　"你如果被警察盯上了，连带着身为老师的我和身为馆长的我也会被警察盯着，别忘了，上次还是我去警局捞的你。"

　　他单手支颐，散漫又随性："这样，岂不是硬生生连累我？"

　　辜冬有那么一瞬觉得他说得很有道理，但仔细一想，又觉得他是在一本正经地胡说八道，他明明和警局的警察们相处得很好，就算她被盯上了，哪会连累到他？

　　睡意来袭，懒得想了，辜冬摆摆手，应付道："好好好，你说得对。"

　　"如果再遇到什么特殊情况，小镰刀，我不在你身边，你该如何是好。"傅筠来慢悠悠说。

"嗯……"辜冬迷迷糊糊，有一搭没一搭地应着，压根没注意他究竟在说什么。

"你说，你怎么离得了我？"傅筠来低笑一声，声音压低，似自言自语。

等了良久，辜冬都没有说话，见她没了动静，傅筠来一抬眼，这才发现她已经睡着了。

不过九点，便能这么快睡着，傅筠来不禁失笑，眉头舒展开。

明明能力渐渐强大，渐渐恢复过来，却仍这般嗜睡。按理说，全盛状态的她应该是越到晚上越精神才对。

他不再说话，起身弯腰按下床头柜旁的按钮，关了灯。

周遭陷入一片黑暗，傅筠来很快速地适应了黑暗，他静默地凝视着辜冬的睡颜，黑夜越发衬得她肤如凝脂，白皙好看，整个人一副乖巧柔软的样子。

他忽而低笑，在身旁有非亲非故的男人的情况下，还能睡着，也不知道该说她胆子大还是缺一根筋。

傅筠来心念微动，忽而走近，俯身凑近她，眼对眼鼻对鼻，呼吸咫尺之间。

再然后，他俯首，嘴唇从她的额角轻轻一触而过。

辜冬睡得很沉，她微微皱了皱眉，调整了一下姿势，猝不及防地，柔软的唇瓣擦过他高挺的鼻梁。

傅筠来一顿，极快速地起身。

他站在床边，神情渐渐冷却下来。他再度侧头深深望了辜冬一眼，一抿唇，眸色渐渐变得幽暗，随即一言不发地起身而出。

|第十二章|

左右你已经欠我很多了，我这个人还是有
那么点包容心的。

据说，高启隽与成思薇的女儿很少和高启隽见面，一直由成思薇带在身旁。成思薇的主战场是 A 市，便在 A 市买了房子，将女儿安置在 A 市读书。

照这么说，他们的女儿与成思薇朝夕相处，和高启隽应该算不得多亲密。

这同时也意味着，她应该会非常恨那个害死她母亲的人吧。

当傅筠来和辜冬经过无数次走错路，终于千辛万苦找到成思薇购置的那一处别墅时，恰好看到两个警察自里头走出来。

想必，警察也顺着这个思路来找成思薇和高启隽的女儿了。

刚刚按下门铃，门很快便打开，一个看起来不过十三四岁的女孩站在门口，她笑容得体，丝毫不见伤心难过。

"你们好。"

小女孩自我介绍自己叫高黎，她看起来并不是第一次应对这样的状况，听说辜冬是自己爸爸的朋友后，便让他们进去了。她特别有礼貌，还主动安排了保姆替他们泡茶。

辜冬捧着热茶，一时不知道该如何开口，眼前的高黎，不论是穿着打扮还是谈吐，都未免成熟过头了。

辜冬的眼神落在高黎的衣服上，良久没有说话。

见两位客人一直不说话，高黎也不急，而是言笑晏晏地主动开口说："你们是为了我妈妈的死而来的吧。"

辜冬愣了两秒，这才说："是的。"

高黎笑容渐渐淡了，示意让保姆去厨房准备午餐，这才慢吞吞地说："成思薇，她不是我妈。"

这句话宛如一道惊雷。

辜冬一惊，完全没料到她会说这样的话，与傅筠来交换了一个眼神。

高黎微笑："哥哥姐姐别误会，成思薇在血缘关系上，的确是我妈。"

她的话好似练习过千百遍般，流畅地脱口而出，脸上带着笑，丝毫不在乎是否会给她死去的母亲抹黑："是她不配当我妈妈罢了。"

"不配当你妈妈？"辜冬眉头一蹙，有些好奇又有些警惕。

高黎自嘲地一笑："她工作一直很忙，经常夜不归宿，和我见面的时间甚至比不上和爸爸见面的时间，爸爸以前只要一有空就会来这里看我，或者接我去他那边，他给我带好吃的，还带我出去玩，而妈……成思薇她从来不会这样。"

她咬紧牙关，克制住自己的怨懑："她早就打算和爸爸离婚，将所有的责任都推到爸爸身上，说爸爸找小三，说爸爸抛下我，然后让爸爸净身出户，好处一个人全揽了，好自己安安心心地和情夫在一起。"

辜冬愣怔住，没想到高黎小小年纪，居然什么都知道。这些事说到底都是成思薇的私事，高黎倒是不忌讳。

安静良久，等面前的小姑娘渐渐平息情绪，辜冬才慎重地问："那……你恨那个害死你妈妈的人吗？"

高黎一默，没有正面回答，而是说："我只希望，爸爸快点好起来。"

"爸爸好起来了，我就有家了。"她说。

高黎难过的表情一下子让辜冬也情绪低落起来，她也是自小便没有了爸爸妈妈，从来没有体验过这样的心情。

她曾以为那个神秘的黑斗篷男子出现，便意味她有家了，但现在看来，他不过是拿自己当他的一件所有物看待罢了。

犹在思绪飘离之际，一直置身事外不说话的傅筠来骤然出声——

"小姑娘。"傅筠来言辞温和，"你不论对谁说话都这么无所顾忌吗？"他垂下眼一笑，若有所思摩挲着手里捧着的茶杯，"还是说，只是对我们才说这些？"

这句普普通通的话一下子戳到了什么。

高黎面上闪过一丝慌乱，她终归不是很会隐藏情绪，过了好几秒才勉强镇定下来："是看在你们是爸爸朋友的分上，我才告诉你们这些的，你们不是说是爸爸的朋友吗？我对警察也是这么说的，我说的都是实话，你们要是不信就算了！"

安静了几秒，她再度焦虑地补充："我没有骗你们，也没有必要骗你们。"

傅筠来依然一副平静的样子，他轻轻笑一声："我当然信你。"

小姑娘翻脸比翻书还快，之前的礼貌懂事荡然无存，她猛地站起身僵着脸说："我困了，你们走吧。"

"你妈妈死了……你就不伤心吗？"临出门前，辜冬抓紧时间问道。

高黎一愣，她神情复杂，良久才小声说："我不知道。"说完后便不再多言，径直关上了门。

辜冬和傅筠来慢慢走出成思薇购置的别墅，本就空荡荡的房子里只余高黎和一个保姆。

"她说的是事实。"傅筠来狭长的眼一睐，嘴角向一侧扬起。

辜冬一顿，看他一眼，说："嗯，高黎口中说的一切都很合情合理，成思薇特意在 A 市买了房子，另有情夫并不奇怪，高黎的确没有必要在这种容易查到的事情上骗我们。"

"但很有意思，她一直隐隐把我们往成思薇的死是罪有应得上面引。"傅筠来说。

辜冬的表情变得沉重起来："衷情姐……她到底想做什么呢……"

傅筠来睨她一眼。

辜冬深吸一口气，低声说："高黎身上的衣服，我曾见衷情姐买过一件一模一样的，那时候我还笑话她，什么时候喜欢上这类清纯小姑娘型的衣服了……嗯，我就随便说说，你别当真，也许只是巧合吧。"

　　话虽如此，她心底隐隐相信这种所谓的"巧合"下，余衷情与高黎是认识的。也是，余衷情好长一段时间与高启隽无比亲近，怎么会不认识他的女儿呢。

　　余衷情不可能不知道高黎身上穿的衣服会被她认出，那么，高黎口中对他们说的话，会是出于余衷情的授意吗？如果真是余衷情的意思，余衷情到底想传达些什么呢？

　　辜冬在心底叹息，成思薇一切都部署得很好，只可惜，她的女儿并没有和她心意相通；匕首无情，她也没能控制好力度。

　　多想无益，辜冬随手招了辆出租车："我们回去吧。"

　　次日，辜冬打算再去找一趟高黎时，竟意外得知高黎已经离开A市了，空荡荡的高档别墅里只剩下保姆一人。

　　保姆苦着脸说："高黎小姐说要去照顾高先生，现在已经不在这里了。"

　　辜冬道了谢便打算转身离开，高黎是否真的去照顾高启隽了她不知真假，也许只是余衷情不愿再见她吧。

　　不料保姆却再度喊住她："高黎小姐叮嘱过，您要是再过来……可以进来坐坐。"

　　高黎的房间和她最初想象的有些不一样，不像这个年纪的小姑娘般摆放着毛茸茸的玩偶，而是处处一尘不染，东西都摆放得整整齐齐。

　　而成思薇的房间反倒是乱糟糟的，辜冬本打算随意看两眼便出来，却鬼使神差地走到床头柜前，打开了抽屉。

高黎自然不会无缘无故地让自己进她家里，除非，有些想让她看到的东西。

她仔细翻了翻，目光一凝。

抽屉里头有一个还未来得及交给律师的文件夹，里头是成思薇整理的一沓"证据"。

率先映入辜冬眼帘的是几张照片，辜冬曾从余衷情处看到过一模一样的照片，那是余衷情打工酒吧的员工合照，余衷情紧紧挨着高启隽站着，笑得脸颊微红，不时偷瞄高启隽一眼，眼底情意流淌。

每张照片的余衷情都被成思薇用红笔特意标了出来，这完全可以证明成思薇早就注意到余衷情了。如果将其交给警方，说不定可以证明余衷情并非蓄意害人，而是成思薇蓄意接近余衷情。

她拿着文件夹打算离开，余光却注意到床头柜前的垃圾桶里有几个沾有血渍的纸团。

她下意识一顿。

眼前光影明灭，最终归于昏暗。

成思薇坐在床前，一边烦躁地用纸擦拭着不小心被指甲刀剪破的手指，一边对身前一个陌生的年轻男人说话。

"……这个贱女人小黎也认识，她一直对小黎好，还不是因为爱慕高启隽？装什么装？"她鄙夷道。

那年轻男人看起来有一些吃醋："怎么？你还对高启隽有感情不成？"

成思薇一愣，将纸团丢进垃圾桶，重新扯了一张纸捂住伤口，这才柔声安慰道："怎么可能？你又不是不知道我……他之前没死成，现在变成植物人不是正好吗？只要那个贱女人承认自己是我们之间的小三，我们就可以摆脱高启隽，再也不用藏着掖着了……"

那年轻男人脸色缓和了些许，抱住成思薇："你一个人去那边注意安全，别让那女人钻了什么空子。"

成思薇点点头，一脸甜蜜的笑，却还是叮嘱道："我知道的，你小声点……别让小黎听到了……"

……

自高黎家出来，辜冬深深吸了一口外头的新鲜空气，将文件夹寄了出去，却还是觉得心情难以平静。

她相信余衷情的为人，余衷情即便再喜欢也会克制自己，不会对高启隽表白，不会做出出格的事情来。

却要生生被成思薇威胁至此，连伤害成思薇也是被迫的，余衷情何其无辜？

高黎那边的线索自此中断，辜冬打算和傅筠来返程离开A市了。

收拾完东西从酒店出来，恰好又路过之前吃饭的饭店，想着现在差不多是饭点了，辜冬便又拉着傅筠来往里头走。

她口里絮絮叨叨着："啊……好不容易来一次，怎么能不吃饱了再上路？"

傅筠来却脚步一停，要笑不笑的："哦？又打算让我请？"

"怎么会？"辜冬夸张地瞪大眼睛，"我这种尊师重道的人，怎么会让老师付钱？"

傅筠来不置可否。

辜冬笑得眉眼弯弯："今天是在 A 市的最后一顿，当然和最开始那顿不一样嘛，多亏我省吃俭用，现在预算还有一半，请你吃饭足够了。"见傅筠来正欲开口，她赶紧又补充，"当然当然，你要是再像上次那样点一顿华而不实的，那我可负担不起。"

她有些埋怨，絮絮叨叨说："点那么多菜，你自己又不吃，还不肯打包带走，还不是浪费了？你不心疼，我都替你心疼。"

傅筠来认真地打量她，他表情有些微妙。

在辜冬以为他又要出口打击自己时，他只是淡淡说了句："进去吧。"

辜冬更莫名其妙了，哎？傅筠来什么时候这么好说话了？

按傅筠来的喜好点完菜，辜冬舒口气："好了！我欠你的人情还完了！"

"这么容易就还完了？"傅筠来掀一掀眼皮，抬眸看着她。

"可不！"辜冬警惕地回视着他，"之前说好的呀，我向来说话算数的！"

"你就这么怕欠我人情？"他语气平淡。

辜冬嘻嘻笑："那倒也不是，这不是担心欠久了就忘了还嘛，肯定要趁早啊。"

"你要是真心想还，自然随时可以还，不必急于一时。"傅筠来轻飘飘地扫了一眼桌子上的茶壶。

辜冬眼睛尖，立马热络地拿起茶壶给傅筠来倒茶喝，同时小声说："嗯，要是不用还就更好了。"

见傅筠来眼神朝她瞟过来，辜冬赶紧又说："我多多感谢您是应该的！嗯！应该的！"

傅筠来叹一声，望着她漫不经心地笑："啧，其实欠着也没什么，左右你已经欠我很多了，我这个人还是有那么点包容心的。"

辜冬在心底翻翻白眼，不想跟自恋的傅筠来继续纠缠这个话题，转而说："我今天上午去高黎家时，她已经离开了。"

傅筠来垂眼品一口茶："嗯，然后？"

辜冬平静地说："成思薇本想威胁衷情姐，让她承认她是高启隽的小三，左右高启隽是植物人了，无法说话，这样一来，成思薇便可以在离婚中占据主动，将一切牢牢握在手里，而且还不用承担照顾植物人高启隽的费用。现在想来，成思薇在生前去看望高启隽，大概也没怀什么好意吧。"

傅筠来散漫地"嗯"了一声。

"哎，你到底有没有在认真听我说？"辜冬不满地说。

"还有什么想说的？"傅筠来说。

辜冬瘪瘪嘴，不理他的冷淡，继续说："我只是觉得造化弄人，成思薇本意是威胁衷情姐，给衷情姐安上一个试图伤害自己的罪名，借此胁迫她，不料却反而将自己的命给作没了，现在，我们只需找到证据证明成思薇的死是意外就行。"

傅筠来轻轻扯了扯嘴角："说得容易。"

辜冬不服气地一抬下巴："干吗这么泄气，总归会有办法的。我相信衷情姐，也相信自己。"

傅筠来蓦地一笑，夹了一筷子菜到辜冬碗里："我也相信你。"

"咳咳……咳！"辜冬被他这句吓了一跳，口里的菜还没来得及嚼便咽了下去，呛得她眼泪水都要流出来了。她想，她大概是个受虐狂，听不得傅筠来说好话。

傅筠来掀了掀眼皮子，不咸不淡地说："——相信你不会太过于犯蠢。"

辜冬赶忙喝口水，吐了吐舌头，这才放松下来。

看着对面傅筠来静默吃饭的样子，辜冬不禁陷入沉思。

不知道为什么，她觉得这段时间，特别是自从来了 A 市后，傅筠来便怪怪的，哪里怪却又说不上来。她这么放肆说上一堆话，漏洞百出，以傅筠来的性格势必会反问她，可他偏偏没有，他真的相信她说的不成？

只可惜她所知晓的一切，大多来源于她的金手指，无法当成证据，向警察言说余衷情的清白。

"你在想什么？"他好似看穿她的心思，慢悠悠地突然抬头。

辜冬赶紧埋下头，扒了几口饭："一时被傅教授的美色迷昏了头，嗯，吃饭吃饭！还要赶飞机呢！"

傅筠来抬了抬眉，表情像在笑，又像没笑。

饭后，傅筠来借故打电话，率先离开了包厢。

辜冬刚叫了服务员来结账，却见服务员抱歉地说："不好意思小姐，刚才那位先生已经结过账了。"

辜冬沮丧："啊？结过了？不是说好让我来结的吗？"

服务员给她打气："没关系的，小姐，追男神什么的，下次还有机会的。"

"真的吗……"

　　辜冬收钱包的手一抖，服务员大概是误会什么了，她却没了解释的心思，只觉得傅筠来肯定是故意的，就想压榨她。

　　苍天哪，她在傅筠来面前，越发负债累累了。

|第十三章|

对你一见钟情？

自今日起，气温已渐渐变暖。

刚刚下了飞机，辜冬便打开手机，刚打算看看这几天的天气预报，短信却提醒着她有好几个未接来电，而且是来自陌生号码。

辜冬狐疑地喃喃着："会是谁给我打电话？难不成……是衷情姐？"

想了想她又摇头自我否认，与其猜测，还不如直接拨过去。

拨通的瞬间，里头便传来一个陌生的男声："辜小姐？是辜小姐是吗？我是谢子砚谢总的助理，请问他现在在您那里吗？"

辜冬一愣："没有，我刚从 A 市回来，他怎么了？"

电话那头的声音越发焦虑，辜冬几乎要怀疑他下一秒就要哭出来了："谢总已经消失一整天了，电话一直是关机，我医院、公司、他家里，到处都找遍了，还是不见他影子！"

辜冬怔住："怎么会？！"

"辜小姐……或许，您知道他去哪里了吗？"那助理火急火燎地问。

辜冬被这通电话吓得心神不宁，给他说了几个谢子砚可能会去的地址后，挂了电话。

想了想，她扭头对一旁的傅筠来说："傅教授，我有点事，就不跟你一起回图书馆了，你自己小心点。"

"你提着行李箱，到处乱跑什么？"傅筠来不满地皱眉。

"那……"辜冬径直将自己的行李箱推到傅筠来身前，"如果你要是有空余的手的话，麻烦帮我带一下行李箱吧，我忙完再去图书馆找你拿箱子。"

"没空。"傅筠来毫不留情地拒绝。

辜冬猜到傅筠来不会这么好心，也不多说什么："那算了，我先走了。"

不料却被傅筠来拉住手，他眼睛微微眯起，手指一寸寸用力："你打算去哪里？"

辜冬扭头看着他，脸色微微发白："谢子砚不见了。"

看着傅筠来安排司机将他们两人的箱子装入后备厢里，辜冬一脸复杂地说："其实你不用跟我一起去。"

"没事。"傅筠来低低咳了一声，慢悠悠道，"免得你一个人乱跑，又要劳烦我去捞你。"

"我才不会乱跑。"辜冬说。

"你知道他去哪儿了？"傅筠来似笑非笑地睨她一眼。

"嗯……我大概知道吧……"辜冬不确定地说，"他现在是个病人，找到他事不宜迟。"

傅筠来嗤一声，讥嘲道："老是这么喜欢管无关的闲事，也不知道你是怎么一个人活了二十年的。"

他的语气像一个对她很熟悉的长辈一样，辜冬气势莫名其妙弱下来，却还是正色道："不管是谢子砚还是余衷情，他们都是我的好朋友……平日里都帮过我很多忙。朋友就是这样的，一方有困难，另一方就会不顾一切去帮他，他们对我好，在他们遇到不顺的时候，我当然也不能视若无睹，我也该尽我的一份力去帮助他们。"

傅筠来笑笑，听起来很是不以为意："是吗？"

辜冬静静望着傅筠来，他气质本就是偏冷偏淡漠，平日里又矜贵自负，看样子就不容易让人接近。

自认识傅筠来起，她从没有见过有其余人来找过傅筠来，也没见过他去找别人，他没有朋友，每日都是独来独往的，除了上课外，其他时间都是独自待在房间里。而他好像也习惯了，但是看起来……有些孤单。

或许是因为这样，他才不能理解她跟余衷情，跟谢子砚之间的友情吧。

招呼了司机将行李送去图书馆后，傅筠来又招了一辆车。

"你是怎么认识他的？"等车的时候，傅筠来忽然问道。

"他？你说谢子砚啊？"

"嗯。"

辜冬摸摸鼻子，陷入回忆："过去两三年了……我有点记不清了……我想想……哦，我想起来了，是在余衷情打工的酒吧里，他那晚因为一个漂亮的女孩子和别人打起来了，余衷情看不过眼他这种闹事的人，便在他好不容易打赢了正扬扬得意的时候，教训了他一顿。"

回想起往事，辜冬忍不住"扑哧"笑了一声，但这笑容很快变淡："嗯，后来我们三个就认识了。与他不打不相识的人是余衷情，他却偏偏老是来招惹我，估计是看我好欺负吧。"

辜冬哼一声，暗自喃喃："我可不是好欺负的人……"

傅筠来表情很淡："然后？"

辜冬有些意外他居然对这些旧事感兴趣，说："然后就和他认识了呗。他人很讲义气的，衷情姐的酒吧就是在他的帮助下开起来的，有他的关系网在，省去了很多没必要的麻烦。"

"他那时候说什么，对我一见钟情，还作势追过我一阵。"辜冬无可奈何地笑笑，"他呀，说话历来满口跑火车，今天喜欢这个，明天就喜欢另一个了，说话算不得数的。"

傅筠来眉头一皱，下颌紧绷，声线变冷："对你一见钟情？"

辜冬摆摆手："这种话没有可信度的，估计啊，他对每一个女孩子都说过类似的话，你可千万别信！"

"那你呢？"傅筠来嘴唇抿成一条线，眼神幽暗地望着她，"你喜欢他？"

辜冬意外："怎么又问这个问题？都说了我只拿他当好朋友的，他也只拿我当好朋友的。"

安静了几秒，辜冬忽而嘴唇扬了扬，开玩笑道："你不会是吃谢子砚的醋了吧？"

话一出口，她立刻醒悟自己说错了什么，尴尬地一笑，傅筠来怎么可能因为自己吃谢子砚的醋呢？她摇头自我否认："我开玩笑的呢！我知道您又要嫌弃我自恋了，算了算了，就当我什么也没说吧。"

"如果，我说是呢？"傅筠来说。

辜冬僵住，她猛地抬眼与傅筠来对视，他定定地看着她，嘴角微微向上翘，自信又好看。

"别……别开玩笑了……"辜冬干笑。

傅筠来却没有笑，他很少这么正经，眼底翻涌着她从未见过的情绪。

"我吃醋了。"他凝视着她一字一顿，笃定道。

不知怎的，因为他这句话，辜冬突然开始慌了起来，也不知道该说什么好，看着傅筠来一寸寸靠近，她忘了推开她，也忘了躲，而是下意识闭上了眼，心跳如雷。

却只听见他的声音不远不近地落在耳畔："你信吗？"

我吃醋了，你信吗？

她猛地睁开眼。

恰好就是此时，一辆空的出租车停在了两人身前，司机探出头来，不识趣地问："走吗两位？"

辜冬慌乱地别开眼，不再看他，如遭大赦般松口气："车来了……我们……我们上车吧。"

她冲司机点点头，跟他报了一个地址，随即率先坐到了副驾驶。

傅筠来一停，若有似无地微微一笑，平静地上了车。

一路无话。

十几分钟后，司机带着他们停到了一家酒吧门口。

下车后，辜冬小声跟傅筠来解释："这里就是余衷情的店，以前我们三个会经常在这里聚一聚。"

她不等傅筠来回话，怕尴尬，便先行一步走了进去。

余衷情的酒吧虽小，里头的设施却一应俱全。

快到晚上了，酒吧还没开始营业，正在做开门前的准备工作。辜冬驾轻就熟地领着傅筠来自侧门走了进去，刚一走进去辜冬便隐隐明白，这几日酒吧生意并不好，仅有的几个服务员都兴致不高。

老板身陷命案，生意自然或多或少会受到影响。

她忽然想起最后与余衷情见面时，余衷情说让她有时间的话替她照看照看酒吧……可惜，她并没有做到。

有认识的服务员看到辜冬，眼睛一亮，朝她走过来："辜冬？你怎么有空过来了？"

他看看辜冬身后冷着脸的傅筠来，压低声音说："这是谁呀？"

辜冬避开了这个问题，声音压得更低："谢子砚是不是来这里了？"

服务员指一指辜冬身后阴暗没开灯的角落："喏。"

循着服务员的视线看过去，辜冬的怒火一下子烧起来。

"谢子砚！"辜冬冲过去，一把将谢子砚手里的酒夺过来，"你疯了吗？现在都什么时候了？你难道不清楚自己的身体状况吗？喝什么酒？"

谢子砚整个人藏在黑暗之中，戴着一顶鸭舌帽遮掩自己没有头发的事实。他比上次见面还要消瘦了，眼眶微微陷下去，此时的他更是浑身酒气，看样子灌了自己不少，收敛过后反而反弹得厉害了。

好端端被夺了酒，他慢悠悠抬起眼，见夺他酒的人是辜冬，瞬间便收起怒气，撑起半边身子朝她笑，调侃道："小咕咚？回来了？不是说要去好几天吗？"

听到这个亲昵的称呼，傅筠来的眉头微不可察地皱了皱。

辜冬板着脸看上去很生气："你闹什么闹？突然跑到这里喝酒干什么？你的助理到处找你，都快找疯了，你快回个电话给他吧。"

谢子砚沉默几秒，冷笑："找我？找我干什么？我都快死了，找我有什么用？"

辜冬心中猛然一堵，神色复杂，语气也放柔下来，苍白地安慰他："你别这么说……医生总归有办法的。"

谢子砚并不在乎，他低垂着眼，把玩着空酒杯："有办法，有办法……个个都说有办法，真有办法还需要整天化疗，疗个没完还没作用？”

辜冬一默，说不出话来。

“算了，不说这个了。”谢子砚瞥一眼辜冬身后不发一言的男人，用眼神质询她，“这位是？”

|第十四章|

我和她之间，从来就没有不合适，从前没
有，以后更不会有。

"啊，对了，忘了介绍了。"辜冬反应过来，懊恼自己太不懂
礼数了。

她回头，却依旧不敢和傅筠来对视，低着头指着谢子砚匆匆对
傅筠来说："这是谢子砚。"又指着傅筠来对谢子砚说，"这是傅
筠来傅教授……想必，你们都已经知道对方的名字了，毕竟早就通
过电话了……"

她干笑一声。

两个男人都没说话，气氛有些微妙。

良久，谢子砚主动朝傅筠来伸出手，笑容古怪："你好，傅教授，
幸会。"

傅筠来并没有握手的打算，冷冰冰地扫了他一眼，神情倨傲地
微一颔首。

"嗯。"他说。

早该知道傅筠来不会有什么好脸色，辜冬赶紧打破僵局，扯着谢子砚起身："好了好了，别说话了，我现在送你回医院。"

谢子砚笑容收了收，有些不耐烦："我的酒呢？"

"别喝了，你现在的身体状况不能喝酒。"辜冬说，"你别闹了，上次抽烟，这次喝酒，你能不能爱惜爱惜你的命？"

谢子砚微一挑眉，用手撑着头，嘴角一扬凝望着她开玩笑道："小咕咚，我还从没发现过你这么关心我，还特意来找我，看来这病生得也是值得的。"

辜冬又急又气，却还是安抚道："呸呸呸，你别乱说话！什么值得不值得的！"

一直沉默站在一边冷眼看着他们的傅筠来蓦地嗤笑一声。

空气一滞。

"你什么意思？"谢子砚目光停在他身上，神情冷却下来。

辜冬有些慌张，赶紧拉了拉谢子砚："他没有别的意思。"

谢子砚缓缓站起身，兀自冷笑说："他有嘴巴，不需要你来替他说话。"

傅筠来轻笑，他说话本来就不大好听，此刻落在谢子砚耳里更是刺耳得紧，但他话却是对辜冬说的，眼睛也看着她："我原以为是个什么样的好朋友，值得你顾不上休息就急匆匆找过来，原来也不过如此。"

傅筠来补充："借着生病醉酒来博同情，还真是浪费了你的一番好意。"

还未到营业时间，为了省钱，此时并没有开暖气。傅筠来径直拉住辜冬的手意欲带她走。他手指冰凉，嘴唇也越发苍白得厉害。

"跟这种所谓的朋友，多说无益。"

谢子砚几个跨步拦在傅筠来和辜冬身前，笑道："傅教授这是看不惯我？我生病醉酒博同情？你还不是假公济私和她一同去 A 市？傅教授好一个双标。"

傅筠来扫他一眼："我不跟酒鬼计较。"

"好了，你们两个都别说了。"辜冬从中打断。

她只觉得两个人突如其来的敌意很是莫名其妙，她看一眼周围几个好奇朝这个方向看过来的服务员，也不偏袒谁地说："这里是衷情姐的店，你们别在这里闹，影响不好，大家都看着呢。衷情姐现在身上还有麻烦，能让我省点心吗？"

"我谢子砚还怕别人看了笑话去？"谢子砚重新坐下，忽而长长吐出一口气，像是下定主意般目光灼灼地看着辜冬，"小咕咚，你还要装傻到什么时候？你还不明白我的心意吗？"

"嗯？"辜冬有些心不在焉，只想着谢子砚的助理怎么还不找过来，明明都跟他说了这个地址，动作却比自己还慢。

"我喜欢你，小咕咚。"他无奈笑笑，手撑着头，呢喃着，"我只怕，再不说就没机会了。"

辜冬一愣，莫名有些尴尬："你喝醉了吧？别说了。"

"我喝醉了？"谢子砚笑，一把拉过辜冬，酒气几乎要喷到她脸上，"你难道不清楚我喝醉了是什么样吗？你难道分不清我现在到底醉没醉吗？"

辜冬只觉得他这番话暧昧得紧，再加上傅筠来就在身旁，她忍不住开始紧张，余光小心翼翼注意傅筠来是什么反应。她涨红着脸，不自在地推开谢子砚："你真的喝醉了……"

话音刚落，她便一个趔趄被傅筠来扯了过去，他声音沁着凉意："放开。"

谢子砚心火更盛，对傅筠来怒目而视："傅教授管得可真宽，这是我跟小咕咚之间的事情，你旁听就已经很不礼貌了，现在插手进来不合适吧？"

"不合适？"傅筠来低笑，狭长的双眸微微一眯，"我和她之间，从来就没有不合适，从前没有，以后更不会有。"

谢子砚一怔。

"好了！别说了！"辜冬红着眼吼着打断他们，"你们两个能不能不吵？"

她认真看着谢子砚，轻声说："谢子砚，我已经有喜欢的人了。"

谢子砚一僵，闭了闭眼，涩声道："是因为我的病，所以你才拒绝我？"

"当然不是！你不要误会了！"辜冬求助般看了傅筠来一眼，小声道，"你可以……回避一下吗？"

傅筠来看她一眼，转身出去了。

终于脱离开这种尴尬的境地，辜冬揉了揉太阳穴，转而看向面无表情的谢子砚，满脸歉意："谢子砚，既然你这么说了，不管是不是开玩笑，我都应该跟你说清楚。我一直当你是好朋友，和余衷情一样的好朋友。即便你没有生病我也是这个说法，不会改变。"

谢子砚嘴唇抿成一条线，没有说话，表情平静。

辜冬说："你刚才问，我是不是装傻，我可以很肯定地告诉你，没有，你从没有认认真真地追过我，所以我一直当你是朋友间开玩笑的，再加上你……一直换女朋友，所以我更加没有往这个方面想过。"她再度歉意地笑了笑，"我知道你这段时间压力很大，可能就是因为压力太大了，才一时冲动说喜欢我吧……你放心，不管怎样，我和衷情姐都会永远在你身边支持你的，这世界上有那么多治好的案例……"

辜冬一顿，声音有些发抖，明知道不可能还是要撒谎，她强自忍住心底的酸涩："你一定可以治好的。"

谢子砚沉默地凝视着她，心里苦笑连连，她将自己刚才的举动归结于一时冲动，这么长的时间，原来他的亲近在她看来都是好朋友之间的互相需要……

"我知道了。"谢子砚转开眼，苦笑一声，"你就当我没有说过……算了。"

"说了就是说了，没什么好不承认。"他浑身力道松懈下来，"我记得我第一次跟你说喜欢的时候，你并不信，我也不是什么死缠烂打的人，我这个人懒得很，如果不是两厢情愿也没什么意思。"

原以为自己可以一直拿平常心对待她，不料，却在知晓她的身边有了别的男性时，产生了嫉妒之情。

"你就……当我是一时冲动吧，对不起。"谢子砚说。

直到听了这话，辜冬的负担才减轻下来："没关系，放心吧，我不会放在心上的。"

谢子砚点点头，良久他看一眼傅筠来离开的方向再度开口——

"你喜欢的人……是傅筠来？"

看着谢子砚被助理带去医院，辜冬长长舒了口气，这桩突如其来的事情终于解决了。谢子砚性子本就洒脱，只希望他能自己想通，不要再冲动地跑出医院让大家担心了。

左右余衷情的酒吧距离图书馆不远，随便在附近找了家饭馆吃完饭后，她与傅筠来便选择走路回去。

辜冬当初为了寻找那只"鬼"，对附近的捷径都摸索过一番，熟门熟路地便领着傅筠来走了一条小路。

看傅筠来从吃饭开始就冷着一张脸不说话，为了打破尴尬，她只好主动找话题："你说司机不会接了我们的行李就跑了吧，我的行李里可装满了我从 A 市买的特产，千万不能丢。"

傅筠来还是没说话，连眼神都没动一下。

辜冬尴尬地圆话："希望司机老老实实将我们的行李送去了图书馆，哈哈！"

然后整个空间在夜色中继续沉默着。

路灯将他们的影子拉得很长，辜冬低垂着头看着挨得很近的影子，忽然说："你知道吗？这二十年来，我最好的朋友只有余衷情和谢子砚，我很珍惜他们，也很感激他们愿意和我玩。"

她嘴角翘了翘，自我打趣道："我呀，从小就不招人喜欢，也不能说是被排挤吧，反正大家都不爱跟我玩，不过没关系，我才不在乎，我也不跟他们玩。不就是孤独吗？谁怕了？"

小的时候，她口无遮拦，尚不会遮掩自己的能力，便将只有自己能看到的预知死亡的微光讲给不能看到的普通人听，她所知的本就不是什么好事，最后的结果往往都是一语成谶，一一应验了。

时间久了，人家要么觉得她神神道道的，很可怕，要么觉得她疯疯癫癫，智商有问题。

渐渐地，她便对自己所知闭口不言，一个什么都不愿主动说的人，又怎么能交到真心朋友呢？

……

"这世界上多的是虚情假意，哪有那么多真心实意？我分得清谁是真心……他们对我很好，很照顾我，我不说加倍对他们好，但至少也该付出等同的真心来。"辜冬笑笑，眼睛弯成月牙状，看起来娇憨可爱。

傅筠来扫了她一眼，不辨情绪地说了一句："白痴。"

辜冬笑容一收，瘪了瘪嘴："想跟你说说真心话，干吗这么冷淡……我才不是白痴，我看得出你对谢子砚有那么点敌意，所以我才想替他解释解释，他人其实很好的，最近只不过是因为得了……癌症……他的时间……"

辜冬顿了两秒："总之，他没什么坏心眼的，作为朋友，我只希望他能安安心心过完……余下不多的日子。"

她无比清楚和明白，谢子砚，没多少时日了。

"我并不在乎他有没有坏心眼。"傅筠来冷淡地说。

"那你干吗针对他？"

傅筠来扬唇低笑："他？他还不值得我针对。"

辜冬一脸问号。

傅筠来慢悠悠地开口："原本我还以为你，"他一停，兀自轻笑，表情傲慢笃定，"你不可能喜欢他。"

辜冬蹙蹙眉头："我早就说过呀，我一直当他是朋友的，你怎么老是在纠结这个问题？"她随口开玩笑，"你老是纠结这个，我都要怀疑你是不是……"她一顿，脸一烧，几乎想给自己一巴掌，几个小时前傅筠来才说过什么吃醋之类的话，自己干吗又不识趣地扯这个话题。

她胡乱看了傅筠来一眼："嗯……我是说，这个问题没什么好纠结的……"

"因为你喜欢的人，是我。"傅筠来打断她。

闻言，辜冬僵硬在原地，眼睛蓦地睁圆。她咬紧嘴唇，不让那声难以置信的惊呼溢出来。

"你说你分得清谁是真心，那你说说看，我是不是真心？"傅筠来似笑非笑。

"啊……我不知道……"辜冬嗫嚅。

傅筠来微一挑眉，嘴角边噙着若有似无的笑："你跟我解释这么一大堆，是因为我告诉你吃醋了？你怕我误会？"

"啊？"辜冬再度一愣，想要否认，却又发现自己的确是怕他误会，张了张口，只好说，"我只是……我只是……只是不喜欢被人误会，不只是你，别人误会我我也会解释清楚的。"

"那好。"傅筠来从容不迫地望着她，"你说，你是不是喜欢我？"

辜冬呆住，完了，她感觉自己的心跳速度又要抑制不住了。

她匆匆别开眼，心底一片慌乱，不明白事态怎么会发展成这样，她的确有喜欢的人，但她喜欢的人……是那个没有名字的黑斗篷男子呀。

难不成，难不成她否认了谢子砚，他便以为她喜欢他了不成？

还是说……她自己错误认知了？其实她喜欢的人是傅筠来不成？如果她真喜欢他，又为什么一直没有察觉呢？

明明刚刚谢子砚问她这个问题时，她毫不犹豫地否认了，此刻傅筠来亲口问她这个问题，她却有些说不出口。

"我……"辜冬脑子里一团乱麻，支支吾吾，"我……"

傅筠来仿佛一眼看透了她焦虑的心思，带着笑意不急不缓地说："你喜欢我也实属正常，不必不好意思，毕竟你本来就……"你本来就是属于我的。

辜冬心思一定，在完全确定自己心意之前，她不敢擅自说"是"。

她别开眼打断傅筠来，小声说："对不起，傅教授……我喜欢的人，不是你。"

长久的沉寂。

辜冬下意识攥紧的拳头缓缓松开，她颤抖地抬眼去打量傅筠来的神情："对不起……是你误会了……"

傅筠来却猛地推了她一把，他浑身警惕得紧绷起来，一双墨色鹰眼牢牢地扫过四周，脸色铁青。

"你快走！"

|第十五章|

他……他是很重要的人。

"走？去哪里？"

辜冬一愣，以为是自己惹傅筠来生气了，她后退一步，想了想又朝他歉意地鞠了一躬。

"对不起对不起，我这就走，你要是觉得我讨厌，我可以明天就辞职，再也不碍你的眼……"

傅筠来眼睛凝神望着远处的一片黑暗，他不耐烦地打断她："少废话，要走就快点走。"

冷不防被他一吼，辜冬有些委屈，心里想着凭什么每次都要自己认错呢，从小到大都是这样，自己真的做错了吗？自己又做错了什么呢？

终究，所有的不满归于平静，左右她已经习惯了被讨厌，她向傅筠来低头："嗯，我这就走。"

不想，辜冬刚转身走出两步远，却又被傅筠来拉住。

辜冬勉强克制住的火气终于冒出来，她甩开傅筠来的手："你到底怎么回事？又拉住我干什么？我走还不行吗？"

她迎上傅筠来的眼睛怒目而视："你还想怎样？"

"来不及了。"傅筠来沉声说。

"什么来不及了？你说什么呢？"辜冬莫名其妙，带着不满循着他的目光看过去，目光聚焦的瞬间，她浑身一僵，凉意顺着脚底涌向头顶。

出现在视线尽头的那个男人，是"高启隽"。

他一身病号服，直直地站在十米开外盯着他们，神情可怖，全身弥漫着纯黑的暗光，看起来比上次在谢子砚病房时的状态强大了很多。

完了，她脑子里一团乱麻，不是说"高启隽"短时间内无法伤人吗？他这么快就恢复了？现在还未到零点，黑斗篷男子压根不可能出现救他们。

不过一瞬，所有的念头都渐渐消散。

她暗自下定决心，她绝对不能让傅筠来以病弱的人类躯体来保护自己。

一个闪身，她急急拦在傅筠来面前，强笑一声："他是高启隽，是我的朋友。"她推了推傅筠来，"他可能是有事情要找我，你……要不你先走？"

傅筠来面无表情地低眼深深地看着辜冬，同时紧紧扣住她的手腕："等会儿我去拦住他，你抓住机会快点走。"

辜冬愣怔："你说什么呢？他是我朋友，是来找我的，你先走就可以了，不用管我。"

傅筠来冷哼一声，目光再度移到"高启隽"身上："朋友？刚不是还说只有谢子砚和余衷情是你的朋友吗？他这么不对劲的状态，你以为我瞎吗？"

"我……"辜冬还欲再说，"高启隽"显然没这个耐心了，径直朝他们的方向冲过来，他动作极快，像一只豹子。

辜冬瞳孔放大，试图用身体护住傅筠来却被他反手护在怀里，她只听到沉沉落在耳边的一声闷哼，两人一同跌倒在地上。

辜冬难以置信地抱住他："你……你……"

"别担心，没事。"他低声说，嗓音越发低哑得厉害。

傅筠来微微推开辜冬一点，转身正面迎上"高启隽"，赤手空拳几番缠斗，傅筠来很快就体力不支，一口黑血吐出来，脸色苍白一片，嘴唇被鲜血染得妖异万分。

傅筠来阴着脸咬牙站起身，扣住"高启隽"的肩膀，勉强制住他的动作，口中的话却是对辜冬说的："……你快走。"

辜冬摇头，喃喃道："你疯了吗，你疯了吗？你只是个普通人而已……"

说话间，"高启隽"掌心缓慢地溢出黑色雾状物体来。

她心一沉，快速打定了主意，颤颤巍巍站起来，闭上眼心底默念着黑斗篷男子教授她的要领。

据黑斗篷男子说，她是一把狩猎镰刀，在能力最鼎盛时，可以涤荡脏污，净化邪灵。虽然现在离鼎盛还差很远……但她已经管不了了。

就算暴露也无所谓。

她转到"高启隽"身后，指尖按在他后脑勺，静静催动全身力量。

也许是老天有意助她，她的指尖居然真的隐隐冒出微白的荧光，那荧光渐渐吸收了"高启隽"的力道，"高启隽"果真面露痛苦之色。

辜冬一喜，快速对傅筠来说："你快走！"

傅筠来的手却没松开，顾不上擦一把嘴角边的血，他望着辜冬的眼底积蓄着怒意："你快松手！"

辜冬试图安慰他："没关系，我可以……"

话还没说完，她气息不稳，体内力道冲撞，突然积蓄的能力来得快去得也快，不过须臾，便反被"高启隽"所控，被他周身黑雾弹得甩出去好远。

"你快跑！"傅筠来急急地冲她低吼。

说话间，"高启隽"手中黑雾化为利刃劈向傅筠来，鲜血瞬间浸湿了他的衣服，甚至有血液喷溅到她的身上。

"傅筠来！"辜冬大声喊他的名字，却只来得及看见傅筠来痛苦地吐出一大口血，倒在地上，生死未知。

"傅筠来！傅筠来？你别死！"

辜冬焦急地喊着他的名字，试图向他靠近，却不妨自己的眼泪突然涌了出来，迷住了眼眶，什么也看不清楚，连带着，心脏一阵又一阵钝痛得厉害。

"傅筠来……"她无力地躺在地上呢喃。

她心底越发愤怒，红着眼抬头对"高启隽"怒目而视。

见"高启隽"再度朝傅筠来走去，她不甘地再度爬起来，想要再次汇聚能力与"高启隽"拼死一战，却不料自己身体早已被透支，反而生生被他随手一挥的黑雾震晕了过去。

恍恍惚惚间，余光正好看到"高启隽"面无表情地弯腰去探傅筠来的呼吸……

再然后，她就什么也不知道了。

醒来的时候，周遭一片静寂。

黑斗篷男子斗篷无风自动，静静站在她身前打量着她，跟她隔着不近又不远的距离。

"你醒了。"他嗓音从未如此低哑过。

"傅教授呢？"

甫一睁开眼，辜冬就慌张地向四周张望，却怎么也没看到傅筠来的身影，回想起刚才傅筠来的情形，十有八九凶多吉少。

她声音里带了哭腔，求助般望着立在她身旁的黑斗篷男子："傅教授人呢？他去哪里了？你有看到他吗？就是刚才和我在一起的那个男人，你有看到他吗？"

黑斗篷男子一默，老半天才淡淡启唇："你很在乎他吗？你喜欢他不成？"

这个问题让辜冬一滞，答不上来。

黑斗篷男子冷哼了一声："既然是无关紧要的人，就没必要在乎他的生死。"

"可是……"

辜冬眼神飘忽，心里毫无底气，她也不知道为什么自己会这么着急。

"事不宜迟，趁'高启隽'还没恢复过来再度追上来，我们走吧。"黑斗篷男子平静地说。

他率先转身，却猝不及防听到辜冬接下来的话——

"他……他是很重要的人。"

顿了一顿，辜冬含着笑含着泪低声重复，像是在笃定自己的心意一样："对，他是很重要的人。"

从前她一直以为，傅筠来只不过是她人生中的一个过客罢了。不论是作为老师时严肃的他，还是作为馆长时傲慢的他，都与她不会有太多联系，甚至比不上谢子砚与她之间的关系。

更何况她是一个怪物一般的存在，并不可能和他长久地相处。她喜欢的，想要追逐的，始终是遥不可及站在云端的黑斗篷男子。

直到那日，她忽然明白过来，黑斗篷男子并不会喜欢上她，她只不过是他的所有物罢了，从始至终都是她的一厢情愿。

她恍恍惚惚地想通，自己对黑斗篷男子不过是迷恋罢了，迷恋那种与生俱来的熟悉感，迷恋那种神秘强大的感觉。

她执着地认为那就是"喜欢"，执着地认定自己是有"喜欢"的人的，就连几个小时前与傅筠来的对话也是。

直到刚才，直到刚才眼睁睁看到傅筠来为了救她，在眼前被"高启隽"击倒生死未卜时，她才忽然明白过来，原来自己早就习惯陪在他身边，习惯他陪在自己身边了。

就算他是脆弱又病弱的人类又有什么关系，她愿意和他在一起呀。

他对她而言，是很重要的人，很重要很重要。

黑斗篷男子一滞，良久才淡淡应道："重要的人？是吗？"

他并未搀扶辜冬，静静地看着她吃力地独自爬起来。

又沉默了一阵，辜冬还是不甘心地问："你真的不知道傅筠来去哪儿了吗……"她的表情有些难过，"他为了救我已经受伤了，他本来就身体不好……"

她的眼泪不由自主地流出来："是我的错，如果今晚他不和我待在一起，就不会遭受这无妄之灾。"

"他来找的，本来就是他。"黑斗篷男子说。

"什么？"辜冬愣愣看着他。

"没什么，走吧。"他声线越发低哑。

见辜冬心情低落，他又补充了一句："我来的时候他正好被救护车救走，没有大碍，不会死。至于你，狩猎镰刀被邪灵的黑雾所伤，一时自我封闭陷入了隐形状态，没有人看见你，要不是我来寻你，你估计还要几个小时才能醒来。"

辜冬这才松口气。

她问："那'高启隽'人呢？他去哪里了？"

"他已经走了。"黑斗篷男子说。

"'高启隽'为什么会突然出现在这里？你之前不是说他害人越多反噬越深……他的状态暂时害不了人，擅自夺魂已经遭到反噬了吗？"辜冬的问题一个接着一个，急切地问道。

"是。"黑斗篷男子说，他言辞冰冷，"邪灵'高启隽'本该继续沉眠至少三个月才有能力再次害人，你进步很快，等到那个时候，你便已经有足够的能力驱散他了。"

"可惜，他受到了协助。"黑斗篷男子说。

"协助？协助了他什么？"

　　黑斗篷男子摇了摇头，忽而低声咳了咳："邪灵得到的力量，是那个女人的死。"

　　"那个女人？你是说……成思薇？"辜冬微微睁大眼睛。

　　黑斗篷男子微一颔首："那个女人死后，她的灵魂被邪灵'高启隽'吸收，她是'高启隽'的妻子，亲近之人自然受益良多事半功倍，使他能力骤然增强，提前苏醒。"

　　辜冬一默。

　　说到底，兜兜转转，又回到了那起命案上。

　　"高启隽"果然还是与命案脱不了关系。

　　"我明白了……"辜冬情绪依然有些低落，"我会加强练习，尽早恢复成原本的状态，帮助你驱散邪灵。"

　　黑斗篷男子这才宽慰地微微一笑："好。"

　　又过了片刻，辜冬忽然问他："现在不是还没有到零点吗？你怎么会过来？"

　　"再不出现，等着看你死吗？"黑斗篷男子轻笑一声，他脚步有些迟缓。

　　"还是……谢谢你。"辜冬涩声道，想必是因为自己与他之间与生俱来的默契，让他得知自己遭受危险了，这才匆匆赶过来的吧。

　　黑斗篷男子隔着厚重的兜帽定定看了辜冬一眼，她衣服上还沾着属于人类傅筠来的血液，脸上有掩饰不住的虚弱和仓皇。

　　他自嘲般叹息一声。

　　他刚才在最危急的关头，勉强自己提前恢复原身，这才勉强击退了"高启隽"。

　　邪灵本是为他而来，能力增强的邪灵想要趁自己还是病弱的人类身躯时一举击杀了自己，不料却伤了辜冬，惹恼了他，生生逆转了局面。

他眯眼扫了一眼自己肩膀上的伤口，恍了恍神，后背伤口的疼痛也隐隐在提醒着他。人类状态的他受的伤，在重新恢复引路者状态时，居然无法自动修复。

连续二十年维持人形，再加上邪灵的重击伤害，现在他的身体已经衰败至此了吗。

这是否意味着，人类状态的他如若消失，连带着，身为引路者的他，也会消失在人世呢……

辜冬静静地看着身旁的黑斗篷男子，突然觉得有些古怪，按往常来说，黑斗篷男子不会在原地等她醒来，以他的性格会直接抱着自己离开，可今晚……

她忽然走近两步，伸手触碰黑斗篷男子左肩，试探道："你有和'高启隽'缠斗吗？你是不是受伤了？"

黑斗篷男子闷哼一声，大力拂开辜冬的手："没事。"

辜冬一愣，怔怔地收回手看着自己的掌心——那是一片暗红的血液。

原来，他的血竟也是红色的……可是她却不能通过血液读到任何的时光幻想。

"你受伤了？"来不及多想，辜冬的担忧胜过好奇，"你怎么会受伤呢？"

"人类可以受伤，我就不可以吗？"黑斗篷男子说。

他不欲再多说，今夜接连发生了太多事情，他目送着辜冬返回了图书馆，这才消失在夜色之中。

是的，他虽然会流血，但终究不是她可以探究的人类身份。

辜冬满身疲惫地返回了图书馆，临睡前去傅筠来门前看了看，傅筠来的房门紧闭，也不知道回来没有，还是按黑斗篷男子所说一样，在医院里……

她默默在他门口站了站，忽而心念一动，转而绕到室外，凭借多次逃离宿舍楼的经验小心翼翼撬开了傅筠来房间的窗户。

他人果然没有在房间里，房间里甚至没有安灯。辜冬摸索了很久都没找到开关，索性作罢，燃起了他们初遇时他点的那盏油灯。

小小的火苗被自窗口吹进的夜风刮得左摇右摆，却仍坚挺着没有熄灭。

辜冬便借着这小小的火光打量了整个房间，里头并没有什么特别的，到处整整齐齐的，和普通人的房间一模一样。傅筠来虽然古怪了些，房间却没有多古怪。

辜冬觉得自己真的莫名其妙，摇摇头打算出来，却又下意识凑近看了眼他的床，顺带着摸了摸。

手指触到的，是一层薄薄的灰尘。

看起来……这房间就像一个摆设一样。

她心思一乱。

独自在傅筠来房间里待了一会儿，辜冬才起身回了图书馆临时给她安置的小房间里休息，刚回到房间，还未来得及开灯，便自黑暗中听到了一个熟悉的声音。

　　"辜冬。"

　　辜冬一僵，"啪"地打开了灯，难以置信地看着立在自己房间的那张熟悉的面孔。

　　"衷情姐？"

|第十六章|

左右没有人心疼我，我想心疼心疼自己可
以吗？

接连两天，辜冬都没有见到傅筠来。

连带着，初初露了个脸的余衷情也再度消失不见，余衷情什么
话也没有解释，只将一个勉强算认识的人丢给了她照顾——高黎。

辜冬哭也不是，笑也不是。

她白天要回学校上课，不好将高黎带回学校带回寝室，只好暂
时安置在图书馆里，让女负责人有时间的话，照看照看高黎。

上完一天的课程后，她便带着高黎去外头吃饭，是学校附近一
家小馆子，地方小，人很多，但味道却不错。

高黎养尊处优惯了，四处打量一番，有些嫌弃："我不要在这
里吃。"

"那好。"辜冬也不犹豫，自顾自坐下，"那你等我吃完，我
再带你去别的地方吃。"

"啊？"高黎眼巴巴看着菜上桌，辜冬一个人吃得起劲，而她

肚子饿得不行，只好坐下，看起来可怜巴巴的，"姐姐……我饿了。"

辜冬冲她笑，主动给她夹菜："快吃吧。"

辜冬边吃边问："是衷情姐从 A 市把你带来的吗？"

高黎点点头，咽下嘴里的菜才说："是余姐姐带我来这里看望爸爸的，那几天余姐姐一直住在我家里。你找过来了，我们才离开的。但余姐姐自己不敢去医院，所以让我一个人进去看爸爸了。"

"是她让你对我说那些话的？关于你妈妈和爸爸的事情？"辜冬问。

高黎否认："不是，与余姐姐无关，是我自己想要告诉你的。"

见辜冬仍迷惑不解，她又解释："我很久以前就从余姐姐那里看到你和她的合照，我知道你是她的好朋友，我就是气不过……才跟你说这些，是妈妈对不起爸爸在先！"她脸上再度露出怨懑的表情，"她根本就不配当一个妈妈，从来都不顾及家人的感受！"

"那，你知道她就是新闻里说的，杀害你妈妈的……凶手吗？"辜冬边问边小心翼翼端详着高黎的神色。

高黎沉默了一阵，依旧盯着桌子上的菜，轻声细语说："我记得，我第一次见到余姐姐，是爸爸以前接我去他店里玩的时候。余姐姐对爸爸很好，也对我很好。她虽然不太说话，但我知道，她是一个好人，而且她并没有插足我爸妈之间的意思，是我爸妈的感情本来就有问题。"

"听王阿姨，就是我家保姆说，你在我离开的第二天又去了我家，那你肯定看到我妈房间的东西了吧？是妈妈太针对余姐姐了，她只是想找一个和爸爸离婚让爸爸净身出户的理由罢了，余姐姐是无辜的……我相信余姐姐的为人，她肯定不会伤害妈妈……成思薇的死，肯定是意外。"

一口气说完这段话，她礼貌地笑笑："辜姐姐问完了的话，我继续吃了。"

"嗯，我也相信她。"辜冬说。

虽然依然不明白余衷情为何对高启隽执念这么深，但既然是朋友，她就没有理由怀疑她。

"我很喜欢余姐姐，只可惜，余姐姐不会跟爸爸在一起。"高黎忽然小声说了一句。

"哦，你怎么知道？"辜冬奇了。

高黎摇摇头，却仍在微笑："余姐姐自己说的，她说她只希望爸爸好好的，爸爸好，那她就很开心了。"

"是吗……"辜冬若有所思。

吃完饭回了图书馆，还未进大门就听到员工们私下讨论傅筠来已经回来的消息。

她安置了高黎后，便去他办公室找他。

"傅教授。"

她轻手轻脚敲门，不等里头回话就自顾自推开门，果然看到他在里面。他正在脱衣服，上身只余一件薄薄的深色毛衣。

原本积攒了很多话要说，很多问题要问，但在见到他的这一刻，辜冬反倒一时语塞，不知道该先说什么好。

是傅筠来先开的口，他抬眼，不冷不热的："我有说请进吗？"

辜冬吐吐舌头："对不起啊。"

虽这么说，她脸上却丝毫没有歉意，眼睛依旧不害羞地看着他。

傅筠来虽然病弱身体不好，却并非弱不禁风，身材居然还不错，腹肌也很好看……

傅筠来挑了挑眉，手中动作也不停："你确定还要看下去？"

辜冬避开他这个问题，主动走上前，热络地说："傅教授，我帮你涂药吧。"

傅筠来一顿，动作停下来，下颌紧绷："你怎么知道我受伤了？"

辜冬声音变低，似埋怨似愧疚："你说我怎么知道？我亲眼看到了……你是不是傻？干吗挡在我面前？不要命了吗？"

"那你呢？"傅筠来眉眼沉沉，目光落在桌前待签署的文件上，"明知道危险还不走，也是不要命了吗？"

"你……你对'高启隽'没有什么疑问吗？比如他为什么无缘无故地对我们抱有敌意，比如他究竟是怎样伤了你的？"辜冬小心谨慎地问道。

傅筠来烦躁地闭了闭眼，说："夜太黑，没看清。"

辜冬松了口气，她咬紧嘴唇，强笑一声："不说这个了，我帮你涂药吧……你脱衣服就是为了涂药吧？你自己涂肯定不方便。"

傅筠来默默地看了她一会儿，忽而一笑："好。"

不知道他上一次上药是什么时候，也不知道他这几天到底在哪里，辜冬没有问。他的衣服已经与伤口黏在了一起，不好处理，难怪他动作有些迟缓。

"你忍一忍，可能会有点疼。"辜冬说，她还有心思开玩笑，"要是真的疼，你可以叫出来，放心，我不会笑话你的。"

不知想到什么，她自顾自笑起来："你最好贿赂贿赂我，不然我可不能保证，不会告诉我的同学你的学生听。"

傅筠来看出她的故意，慢条斯理暗含威胁："你可以试试看。"

辜冬面上笑嘻嘻的，手下动作却更加轻柔，她慢慢将毛衣掀起来，从一角开始剪裁，生怕幅度太大，牵扯他的皮肉。

"好端端的毛衣就这么废了，真是可惜。"她有一搭没一搭地说。

"嗯，你可以替我去买几件，买你喜欢的款式就好。"傅筠来漫不经心地说。

"哦。"辜冬低着头应道。

"但不要浅色，容易……"

"我喜欢你。"辜冬突然打断他。

傅筠来一怔，嘴唇一抿，缓缓抬眼看着她，面无表情道："你说什么？"

辜冬注视着身旁这个面色苍白的清隽男人，冲他微微一笑，有些害羞却还是勇敢地说："你上次问我，我是不是喜欢你，我想了好几天，现在可以给你答案了。是的，我喜欢你。"

"喜欢就是喜欢，不喜欢就是不喜欢，没有什么好隐藏的。"她说。

傅筠来眼睛微微地眯了一眯，自信又散漫的样子，真是好看得过分。

"我知道。"他扬起半边薄唇。

辜冬心底不由得漾起一阵欢喜，嘴角不可抑止地上翘，这一刻，她只觉得人生无比圆满。

她想，她与傅筠来应该是两情相悦的。

接下来，只要帮助黑斗篷男子消灭了那邪灵"高启隽"，帮助衷情姐彻底洗清嫌疑，便能安安心心地和傅筠来在一起了。

毛衣已经剪到了左边肩膀的位置，还未见到伤口，她越发小心谨慎："你忍着点啊。"

即便再小心，伤口还是被牵扯到，暗红的血液流了下来，辜冬偷偷瞄一眼傅筠来，见他没什么反应，赶紧用棉花将其擦掉，慌慌张张地说："啊……好像流血了，你真的不痛吗？痛就告诉……"

她的声音戛然而止，下一秒，她看到了傅筠来的伤口。

她脑子一蒙，有些反应不过来，只觉得，像是突然被迎头浇了一桶凉水，一颗刚刚沸腾起来的心忽然就……渐渐冷却了下来。

见她不说话了，傅筠来一挑眉，调笑道："有这么吓人？"

"没……没有。"辜冬否认，她露出一个常见的笑脸，拿过桌子上的药开始给伤口仔细涂。

"对了，忘了告诉你，高黎现在就在图书馆。"辜冬说。

傅筠来一蹙眉："高黎是谁？"

辜冬无奈地翻了个白眼："就是高启隽和成思薇的女儿，你忘了吗？"

傅筠来眉头蹙得更紧，冷道："她来干什么？"

"是衷情姐带她过来的……唉，还是不说这个了，事情太乱，我自己都没有弄明白。"辜冬突然有些烦躁。

傅筠来说："嗯，关于余衷情，我正好有话要告诉你。"

辜冬敷衍地点头，没再在乎他说的话，而是有意无意问："对了，我那次跟你说，我告诉了衷情姐关于高启隽会死的事，导致她救了高启隽一条性命，这才造成了如今的局面……"她嗓音越发低，"你还记得吗？"

傅筠来睨她一眼："记得，怎么了？"

辜冬心跳骤停。

她勉强笑笑，嗓音有些发干："嗯，是吗？"

终于涂完了药，她停下了动作，抬眼紧紧盯着他，不错过他脸上任何一丝表情："可是……你怎么会知道这件事？"

"你、怎、么、会、知、道？"她一字一顿再度重复。

傅筠来嘴角微微向上一挑，像是嫌弃又像是宠溺："你自己说的话，现在反倒来问我了？"

辜冬别开眼，隔了好几秒才干涩地开口："可奇怪的是，这件事……我只告诉了另一个人，从来都没有跟你说过，你难道就不好奇，我一个普普通通的人类怎么会知道高启隽会死吗？"

说出口的每一个字，几乎要用尽她的全部力气。

傅筠来表情沉寂下来，他淡漠地看着她，似乎想从她古怪的神情里看出些什么来。

良久，他兀自将剪开的毛衣丢开，随便将大衣套上，低头一边理衣领一边轻描淡写地说："对，我是引路者。"

这几个字沉甸甸地落在辜冬心底，她浑身一僵。

果然，果然。

他与他同样受伤的位置，他深夜从不出现，而他只在深夜出现，哪有那么多巧合？

现在，一切都明晰了，清楚得让人忍不住发笑。

长久的沉默。

辜冬兀自一笑，低声自语道："我早该知道的，你这么畏光，每天晚上都早早消失不见人影，除了在课堂上，你从来不叫我的名字……说到底，你压根就不觉得我是一个活生生的人类吧？"

"对，你和他……性格那么相像，你们怎么可能不是同一个人呢？是我太蠢，偏执地以为你只是一个普通人，迟迟看不清真相。"她说着，眼底莫名涌起一阵酸涩。

傅筠来脸色蓦地一白，他皱眉，试图靠近她。

他喊她的昵称："小镰刀。"

辜冬以防备的姿势边摇头边后退几步，她轻轻笑一声，又笑一声，否认道："不，我不是什么小镰刀，我不是什么狩猎镰刀，我也不稀罕当什么狩猎镰刀。"

她吐出一口气，嗓音很轻地继续笑，字字句句像是在质问他："骗我很好玩吗？"

她固执地重复："用两个身份骗得我团团转，很好玩是吗……我在你眼里，就是一个傻子是吗？"

傅筠来定定地看着她："我从没这么想过。"

"从没这么想过？"辜冬觉得好笑，再度笑出声，笑得不能自已，笑得眼泪水涌出眼眶，"如果我不主动拆穿你，你还打算瞒我到什么时候？哦……就连刚才我问你知不知道高启隽是怎么伤了你的，你都在对我撒谎，你根本就没想过要对我坦诚吧？"

辜冬再度后退一步，她抬腕狠狠擦了一把不争气的眼泪，红着眼看着他："想必，你一直觉得我很蠢吧？我本就是你的一件所有物，一把铁做的没有心的镰刀，所以你便可以肆无忌惮地戏弄我？

你没有感情，就以为我和你一样是没有感情的吗？"

"小镰刀。"傅筠来眉头越蹙越深，沉声喊住她，她要是再退，该摔倒了。

辜冬果然一个踉跄，傅筠来眼疾手快去扶她，却被她避开。

她全身都在抗拒。

"你走开！"

傅筠来也冒出些脾气来，他双眸危险地一眯，不由得开始回想起二十年前与她分离时的那一幕，嗓音压低："你过来，别闹了。"

辜冬看着他，极慢地摇了摇头。

"你错了，你错了傅筠来。"辜冬说，一副委屈难受的样子，"你忘了吗？我并不是当初的狩猎镰刀，也没有以前一丝一毫的记忆。我是人类，我的名字叫辜冬，我很喜欢这个名字，我有心，我有感情，我会难过，也会失望。"

傅筠来静静看着她，朝她伸出手，冷静道："可身为人类的你喜欢我，那正好，你该回到我身边来。"

"我喜欢你又怎样？和我不想在你身边有冲突吗？"辜冬说。

她觉得有些不可思议："怎么，你傅筠来本事这么大？当老师要压我一头，当馆长要压我一头，现在还要用引路者的身份压我一头吗？我就活该没有自己的想法活该没有自由，活该是一件所有物，活该低你一等吗？"

她自嘲地嗤一声，无所谓地笑笑："左右没有人心疼我，我想心疼心疼自己可以吗？你说，我可以不可以，心疼心疼我自己？"

"我心疼你。"傅筠来看着她通红的眼一字一顿。

"别开玩笑了……"辜冬再次轻轻摇摇头，泪眼蒙眬地看着他，

"我很累了。"

"你要去哪里？"傅筠来说。

他眉头隐忍地蹙了蹙，手指开始轻微颤抖，生生咽下一口涌到嘴边的血。他单手勉强按住胸口，另一只手仍朝她伸过来，哑声道："过来。"

辜冬看着傅筠来的样子，心底一阵钝痛，只觉得可悲又可笑，却终究意难平。不管是出于什么原因，他既然一开始选择了欺骗她，并且欺骗了这么久，她便无法说服自己原谅他。

谎言一旦开始，就该预料到这一后果，就该承受这一后果。

"我想走了，我不想继续留在这里……我当初来这儿兼职，在你眼里，恐怕本就是一个笑话吧。"她颤声说，"我会自己去辞职的，就说我要以学业为重。"

傅筠来见她心意已决的模样，终究无言。

他放下手垂下眼睫，不再看她，一抿唇这才讥嘲地说："好，你走吧。"

辜冬闭了闭眼，毫无留恋地转身离开。

原来，日日夜夜陪在她身边的，自始至终都是一个人。

傅筠来啊傅筠来，你知道你最让我失望的是什么吗？你的自负不允许你承认自己的错误，你高高在上惯了，不会想着设身处地考虑考虑我的感受。

所以，才会是现在这样难堪的局面。

真是……难堪透顶。

"等一下，我最后再说一件事。"傅筠来再度出声。

辜冬不理他，继续往门口走。

"是关于余衷情的事。"傅筠来说。

辜冬脚步一停，手指攥成拳头，一寸寸收紧。

"你自始至终都忽视了很重要的一点。"傅筠来缓了缓呼吸，这才继续说，"成思薇意图利用余衷情是真，见机行事借她之手伤害自己来威胁她也是真，但是，成思薇真的会这么没轻没重让自己白白死掉吗？她没有在其中得到任何好处？"

"你究竟想说什么？"辜冬头也不回，"我们都知道那是意外。"

"意外？究竟是意外，还是说，因为余衷情是你朋友，所以你故意忽视这一点？"傅筠来淡淡说。

辜冬没有说话，死死地盯着眼前的门，只觉得呼吸不畅，几乎要窒息了。

"我从警局相识的法医那儿听到了新的消息。"傅筠来说。

"成思薇并不是死于腹部那一刀，她总共中了两刀，除了腹部处你通过幻象看到的那一刀外，让她丧命的，是正中胸口的那一刀——她的死不是意外，的的确确，就是谋杀。"

|第十七章|

这是短期内进步的唯一办法！

直至辜冬的身影走出办公室，傅筠来气息紊乱，这才猛地吐出一口压抑了许久的黑血。

星星点点的血渍洒在桌面上待签署的文件上，他心烦意乱地想擦掉上面的血渍，却只是徒劳，上头的文字已经看不清了。

他索性放弃，拿起桌子上的电话拨了出去："再替我准备一份文件，关于馆长职位离职和交接的文件。"

挂了电话，他漫不经心地擦了擦嘴角，自嘲般弯了弯唇。

左右，他也活不了多久了。

她如果实在不愿意回来……也罢。

辜冬一言不发地回了房间里收拾东西，高黎正在里头边吃零食边看书，听到动静朝她看过来。

看她红着眼，高黎有些惊讶，合上书小心翼翼地问："辜姐姐，你怎么了？你还好吧？"

"没什么。"辜冬说。

然后，她手中动作一顿，扭头朝高黎笑笑："姐姐从今天起就不在图书馆兼职了……嗯，不过你可以继续安心待在这里，这里工作的哥哥姐姐们都很喜欢你，傅……也就是图书馆的馆长人也不错，不会赶你走的。"

她拍拍高黎的肩膀，浅笑："如果你要是想回去了，可以随时打电话给我，我可以送你。"

高黎见辜冬眼睛红肿，好心地给她递了张纸，说："不了，我还是自己去外面住酒店吧，太麻烦你们了。"

辜冬接过纸巾说："也行，你自己怎么舒服怎么来。"

高黎笑着说："嗯，我还打算在这边住一阵，每天去看看爸爸，等爸爸醒过来。"

辜冬微愣："等你爸爸醒来？"

"余姐姐说过，爸爸一定会醒来的。"高黎笃定地说，"一定会。"

辜冬觉得哪里有些不对劲，却说不上来，终究只是安慰了句："希望吧。"

直到办理完离职手续，自图书馆走出来，她才恍恍惚惚想起，高启隽明明已经失去了灵魂，又怎么可能醒来呢。

除非，高黎指的是邪灵。

辜冬一个哆嗦，赶紧丢开这个莫名其妙的想法。余衷情和高黎不可能知道邪灵的存在，不可能看到被入侵后完全变了一个人一样的"高启隽"，更何况，那根本就不是真正的高启隽。

对……邪灵只现身过短短几次，她们……应该不可能看到吧？

除非……她不由得冒出一个莫名其妙的荒诞念头，这念头有些吓人，她直觉不可能，索性晃了晃头，将其丢开，心底却犹自惊魂未定。

夜晚，零点过后。

傅筠来一袭黑色斗篷自夜空中轻飘飘掠过，在经过图书馆四楼时，他习惯性往里头扫了一眼，顿时停住了脚步。

里头一片黑暗，那个熟悉的位置上蜷缩着一个小小的身影，头垂一下，再垂一下，似乎在打瞌睡。

他穿墙而过。

"你来了？"听到动静，辜冬抬头冲他客套地笑笑，"那我们开始吧。"

"小镰刀。"他低哑着嗓子喊她。

辜冬平静地看着他笑了笑，说："我没那么不讲信用，之前答应过会努力练习，直到驱散邪灵'高启隽'……既然答应了便不会食言。"

傅筠来自嘲地嗤笑一声，说："除了这个呢？你还答应过，会回到我身……"

"别说了，再说这些也没什么意思。"辜冬轻轻打断他，"现在不一样了。"

沉默了几秒。

"那好，今晚我们开始实战练习。"傅筠来慢慢说。他移开眼随手结出一个结界来，透明的结界正好笼罩住整个四楼，让外头的人不至于透过窗户看到里头的亮光和听到里头的动静。

"怎么个实战法？"辜冬问。

"你把我当成邪灵，主动攻击我。"傅筠来说。他偏了偏头，咳嗽几声，血液很快在他抬袖间隐去，与黑色的斗篷融为一体。

他心一沉，他在黑斗篷的状态从来没有这么虚弱过。

辜冬垂下头，装作没看到他的掩饰，有些犹豫："我控制不好力道，不会伤到你吧？"

傅筠来薄唇扬了扬："不会，来吧。"

辜冬不再多话，屏气凝神，静静催动全身力道，不过须臾便有微弱的白色荧光自指尖溢出。

辜冬一喜，却丝毫不敢松懈。可不过片刻，这荧光渐渐扩大，不受控地化为巨大光束直直射向傅筠来。

骤然接触到强光，傅筠来不适地蹙眉，微微偏头眯起眼，身子却不躲不让。

"你……"辜冬一慌，却压根控制不了它的方向，眼睁睁看着它砸到傅筠来身上。

光束消散的瞬间，傅筠来弯腰扶住桌子，闷哼一声，摇摇欲坠地晃了几晃，咳出一大口黑血，却仍在笑："不错，这光虽虚张声势了些，内里还是有力道的，再来。"

他在用消耗自身的方式帮她提升，辜冬有些不忍心："可是……"

"没有可是，这是短期内进步的唯一办法！"傅筠来不耐烦地说，一顿，他轻轻扬起嘴角，又无可奈何地叹了一声，语气莫名地放温柔了些，"你就……当是发泄吧。"

辜冬看着他强撑的样子，心底的难受渐渐扩大，她暗自咬牙，应道："好。"

……

傅筠来咳嗽了好几下，平静道："再来。"

……

傅筠来深呼吸几口，隔了很久才勉强站起身："再……来。"

不过几个回合，两个人都气喘吁吁。

良久，傅筠来再度漫不经心地擦掉嘴边的血，嗓音低哑地开口："今天就到这里吧，你进步很大，已经渐渐能控制力度了，明天的这个时候……"

"明天我还是会来的，放心吧。"辜冬说。

她擦了一把额头上细密的汗珠，看也不看他："图书馆的门卫叔叔对我很好，我虽然辞职了，但看到我深夜过来，还是选择了睁一只眼闭一只眼。"

傅筠来透过巨大的兜帽深深看了她一眼，不发一言地穿墙而出，消失在夜色之中。

静静看着他的身影化为虚无，辜冬收回目光，捡起方便行动脱掉的羽绒外套，习惯性地带上四楼阅览室的门，并未开灯，而是用手机打开手电筒照明，脚步很轻地走下楼梯。

出图书馆前，她照例想去傅筠来房门口跟他说句话，走到他房门口，却又突然想起他刚刚才从自己眼前消失，不可能在房间里。

她自嘲地一笑，转身头也不回地离开，脸上一派平静，不辨喜悲。

不厚的房门里，傅筠来弯曲着一条腿倚靠在墙边，静默地听着那脚步声消失。

暗红的血液顺着宽大的斗篷蔓延至地板上，很快便自动消散在空气之中。

周遭归于静寂时，他仿佛还能听到她昔日欢快却又刻意压低的声音，像是跟他告别又像是自言自语："傅教授，你睡了吗？是我，辜冬。"

"你怎么每天都睡那么早？一点也不像我们这些爱熬夜的年轻人……嗯，那晚安吧。"

"一夜好梦。"

"我走啦。"

……

不知道为什么，他每晚见过她后还要再度返回房间里，听她自言自语地说说话。

好像已经成了习惯。

但，他从来都没有回过她的话，任由她单方面说话。

强忍着紊乱的气息，傅筠来捂着胸口紧紧皱着眉，兀自平息了良久，这才轻飘飘地悬空而起，消失在房间里。

"好。"他低声说，余音在房间里渐渐散去。

这房间和往日的无数个夜晚一样，空荡荡的，随便的一点动作都能掀起薄薄的灰尘。

好像，从来没有人出现过一样。

次日上完课程，一同走出教室的时候，室友拍拍辜冬的肩膀，跟她分享八卦："辜冬，你听说了吗，傅教授以后都不会来上课了，上次课堂上，他居然都没有跟我们告别，真是不够意思，亏我还这么崇拜他！"

辜冬敷衍地说："哦，是吗？"

室友有些不开心："听说傅教授打算离开这座城市了，不知道是出于什么原因，当初好不容易才将他邀请过来上课的，唉……难得在课堂上碰到一个长得好看又教得好的老师啊！"

辜冬并不想听到关于他的消息，心不在焉地说："肯定是有什么急事吧，缘分尽了自然就该走了。"

室友表情有些古怪，上下打量辜冬："你今天怎么怪怪的？不是受什么刺激了吧？失恋了？"

辜冬白她一眼，语调轻松道："你胡说什么呢？马上就要测试了，你不急我可急。"

室友神色一变，顾不得再讨论什么傅教授、正教授之类的话题，苦着脸说："完了完了，我还没开始复习呢……"

夜晚，零点过后。

辜冬表情严肃地屏气凝神，平稳地控制着指尖的银白色荧光朝一袭黑色斗篷的傅筠来飞去。

那荧光在触碰到傅筠来身上时，很快四下消散，是一记有力却不明显的攻击。

傅筠来赞了一句："不错，比昨晚好多了。"

话虽如此，他又生生咽下一口血，让自己不至于在辜冬面前显得太过虚弱。他体内气血越发翻涌得厉害，连最简单的腾空都有一定难度。

他若无其事地坐在椅子上，长长出了一口气，这才笑道："本就是与生俱来的能力，前前后后这么短的时间，便已经能以人类之躯运用自如了，不愧是我的小镰刀。"

"你还好吧？"辜冬看着他，转移话题。

"无事。"傅筠来说。

辜冬胡乱点点头，得了答案便不再继续问。

傅筠来继续漫不经心地笑："想必，用不了多久，你就可以彻底……"

"我们什么时候去驱散邪灵？"辜冬打断他的话，"事不宜迟，再拖延下去……'高启隽'可能会伤害更多的人。"她有些烦躁，皱起眉头，"最开始的小男孩……后来的老奶奶，再到他的妻子成思薇，我不想再看到有人无辜死去了。"

傅筠来看着她："你现在的状态的确越来越稳定了，但还不宜贸然行动与邪灵发生冲突，稍有不慎极易出现意外。"

"是吗？"辜冬随口说。

质疑的口气瞬间让气氛一冷。

"你以为我是在拖延时间？"傅筠来语气变凉，他一挑眉，嗤笑一声，"我还不至于这么下作。"

辜冬一默，随即客套地笑笑，解释道："没有，傅教授，我没有这么以为，你别误会。"

这句安抚的话无疑是火上浇油。

傅筠来黑色兜帽下狭长的眸微微眯起，隔着重重黑暗凝视着她，良久才不咸不淡地说："你知道吗，我宁可你对我冷漠一点，也好过现在装模作样。"

辜冬没立即答话，两两无言，像是碍不过沉默，才说："只不过是回到原点而已，虽然我已经不是你的下属了，但你是老师，我是学生，仅此而已。"

"老师？"傅筠来讥讽地扬唇，"你没有什么要问我的吗？"

"没有。"辜冬毫不犹豫。

傅筠来也不在意："那好，我告诉你，我已经不在你们学校继续授课了。"

"哦。"辜冬点点头，"我知道，我听说了。"

她并未过问原因，傅筠来并不在乎，继续说："这家图书馆的馆长职位我也会在这几天内移交给别的人。"

辜冬听了这话才微微抬眼，问他："你要离开？"

傅筠来不置可否，他戴着黑色皮质手套的手有意无意地敲了敲桌面，黑兜帽下是谁也看不见的自嘲表情。

"我来这边只不过是为了查清高启隽失魂的原因罢了，顺带……"他将"来找你"几个字咽了回去，若无其事地轻笑，"只要在你的协助下顺利驱散了邪灵，我便无牵无挂了。"

辜冬敷衍地点点头："哦。"

"你要跟我一起走吗？"傅筠来似笑非笑地问。

辜冬一滞，轻轻摇头："不了。"

"嗯，也好。"傅筠来淡漠地说。

辜冬的心没来由一紧，他陌生的态度明明是自己希望看到的，却在真正听到冷漠的话语时，还是会忍不住难受。

手机突然响起来，是一个陌生的号码。

经过之前接到陌生号码的事，辜冬下意识便觉得不是什么好事，她扫了眼傅筠来，很快就接起。

"喂，哪位？"

那头一片安静，隐隐有嘀嘀的电流声传来，像是……在医院里。

辜冬握紧手机，神经紧绷："请问，是哪位……"

"辜冬，是我。"电话那头她的呼吸声有些重。

但即便如此，辜冬还是很快就听了出来，是余衷情。

辜冬几乎是立刻就看了眼对面傅筠来的反应，这才压低声音问："你在哪里？"

对方又静了静。

"我在医院。"余衷情说。

"你在医……你怎么会去那里？你知不知道现在警察都在找你？那里太危险了。"辜冬有些急切。

余衷情无所谓地笑了笑："随便，我不在乎。"

"可是我在乎呀。"辜冬说。

余衷情一愣。

"你和成……之间，到底是怎么回事？真的是你杀了……你为什么不肯告诉我，为什么不肯和我说清楚？我不是你最好的朋友吗……"辜冬声音有些哽咽，她走远了几步，避开傅筠来的视线。

"别说这个了。"余衷情粗暴打断，她很烦听到成思薇相关的事情。她的目光落到身前病床上那人身上时，才渐渐平和下来，"我打给你不是想说这个的。"

"那是什么？"

"我有非常开心的事情，想要和你分享。"余衷情说。

"衷情姐……"辜冬心底的惊疑不断扩大。

"他很快，就能复活了。"余衷情说。她的声音有些发抖，像是害怕又更像激动。

听了她这莫名其妙的话，辜冬不禁毛骨悚然，不自觉地打了个寒战。

"你……你说谁？"

"高启隽。"

余衷情在电话那头笑了笑，一字一句清清楚楚地重复：

"我说高启隽，他快复活了。"

|第十八章|

都过去二十年了，还是没能习惯，自己早
已没有了镰刀。

当辜冬找到高启隽病房时，却只看到空荡荡的房间，空荡荡的
床位，里头一个人也没有，黑漆漆的。

此情此景，委实有些吓人。

辜冬喘着粗气张皇失措地四下张望，喃喃自语："'高启隽'
人呢？他怎么不在？不会又跑去别的地方了吧？"

一想到那日他突然出现袭击自己重伤傅筠来，她就不由得紧张
不安。

刚想去问一问查房的护士有没有看到"高启隽"的人影，脑海
里突然冒出一个微小的声音，是傅筠来的声音。

"或许，在那个姓谢的人类那里。"他说。

辜冬一顿。

傅筠来在刚刚自己挂了电话打算离开时，并未跟她一起来，而是稳稳坐在椅子上一动不动，模样看起来有些不对劲。

另一头，黑暗之中的图书馆四楼阅览室。

傅筠来强撑着身子站起来，却还是摇摇欲坠，他能清楚地感觉到五脏内腑都绞成一团，属于引路者的力量在一点一点地流失。

他伸手习惯性地想握住点什么，却握了个空。他微愣，这才自嘲地摇摇头，都过去二十年了，还是没能习惯，自己早已没有了镰刀。

他凝神感受辜冬那边的动静，确认她尚无大碍，这才隐去身形，消失不见。

接收到讯号后，辜冬无暇多想，径直朝谢子砚病房找过去。谢子砚病房附近的氛围很古怪，整间病房好似被古怪的结界所包围，没有人能听到里头的动静，看到里头的光亮。

将将推开门，辜冬便一声惊呼："衷情姐！"

余衷情正站在谢子砚的病房前静静地看着谢子砚，而谢子砚紧紧闭着眼睛，一动不动。

听到声音，余衷情回头，眉头一蹙："辜冬？你怎么来了？这么晚了还不睡？"

她的动作神态和往日一模一样，及肩的黑发，深色的大衣，整个人看上去冷冷清清的，遥远又生疏，好似她们从没有分开过一样。

但一听到她熟悉的声音，辜冬的眼眶蓦地一酸，不管不顾地上前抱住她呜咽："衷情姐，你到底怎么回事？这段时间你去哪里了？

为什么都不肯和我联系……你不要一个人憋在心里好不好？"

她一想到自己与傅筠来之间的种种纠葛便更加委屈，这份无处诉说的委屈在看到余衷情时全部爆发出来。

"你可以跟我说呀，我可以帮你想办法的……我可以帮你想办法的……我只有你了……"

余衷情微微拉远一些和她的距离，注视着她的眼睛："你怎么了？"她看穿辜冬的惊慌无措，一皱眉，"是谁欺负你了？"

辜冬摇摇头，又泪眼蒙眬地点点头，一瘪嘴："衷情姐……"

余衷情神情冷却下来，不屑地说："是傅筠来？"

辜冬逃避般躲开眼，她没说话，而是将视线停滞在病床上的谢子砚身上，明明她们就在他身旁说话，他却没有要清醒的样子。他现在的沉睡状态……有些诡异。如果他不是呼吸犹在，她几乎要怀疑他遭遇了什么不测了。

此情此景，不禁让她想起那日"高启隽"出现在谢子砚病房的一幕，那时的谢子砚也是如现在一般，沉睡不醒。

思及此，辜冬不寒而栗。

"是不是他？"

余衷情重复，她唇畔边挂着一丝若有似无的冷笑。

辜冬对余衷情向来是知无不言的，此刻嗓子眼却莫名地堵了一堵，沉默了几秒，才开口："衷情姐，你一个人……来谢子砚病房做什么？"

这下，轮到余衷情沉默了。

辜冬缓缓松了手，从情绪失控中回过神来。她擦拭掉眼角的泪痕，定定看着面前的余衷情。

"是不是你……杀了成思薇？"她语速极慢地问。

余衷情没说话。

辜冬半晌才苦笑一声："你知道吗？我跟我认识的每一个人都解释过，这起命案肯定是意外……我认识的衷情姐，不可能是杀人凶手。"

余衷情依然无动于衷，丝毫没有替自己辩解一句的意思。

"后来知道成思薇试图向你泼脏水，说你跟高启隽有暧昧不清的关系后，我更是坚信，是她有错在先，你肯定是无辜的。她会死，是意外而已。"

见余衷情依然没打算开口，辜冬笑笑，无尽的疲倦感朝她涌过来："可现在……我却有些不确定了。"

余衷情倏地抬眸看着她，眼里的情绪有些复杂，终究她还是承认："是。是我杀了她。"

辜冬没有太惊讶，也没有太失望，而是吐出一口压抑了很久的气，茫然地说了句："好，我知道了。"

她没有问余衷情为什么要这么做，也没有指责余衷情。

这种态度反而让余衷情有些不习惯，她张了张口，终归还是垂下眼睫，什么也没有说。

虽是如此，那天在卫生间里的对话却再度清晰地涌入她的脑海里，清晰如昨——

"叫我过来，你到底想怎样？"余衷情问成思薇。

"我想怎样？"成思薇施施然关掉了水龙头，她声音压低，脸上表情有些得意，"余衷情啊余衷情，我知道你在想什么，你想和高启隽在一起是不是？很简单，你承认你是小三，要挟我与高启隽离婚，我自然就会成全你们咯。"

她有些怒了，冷笑一声："你想都别想！"

成思薇并不着急，又靠近她几分："怎么？害怕了？想退缩了？别呀，我愿意给你们机会。"

她冷哼一声，不欲再与成思薇纠缠，径直往外走，却被成思薇挡住了去路。

……

一番推搡，一柄小巧精致的匕首自她的口袋里掉出。

成思薇惊呼："你居然随身带刀？！"

但那声惊呼很快变成一连串的笑声，成思薇主动捡起刀，将脸凑近了刀锋："来呀，有本事就伤了我，有本事就杀了我，看你怎么有脸到高启隽面前解释。"

见她不说话，成思薇笑容越盛："说不定啊，高启隽见我死了，会转而将你扶正呢……这不正是你想看到的吗？"

"要么答应我的条件，要么……"成思薇趁她怔忪之际，主动将刀锋对准自己的手臂划过去，挑衅道，"你就杀了我吧！"

好不容易将那匕首夺了回来，她刚打算离开，谁知成思薇再度紧紧攥住她的手，偏了偏角度，突然狠狠朝自己的腹部插了进去。

倒在血泊中的那一瞬，成思薇恶意地冲余衷情笑笑："现在……

看你怎么洗清自己的嫌疑……因为太爱高启隽，转而对我这个正室有了恨意。你想不承认你是小三也难了……"成思薇捂住自己的伤口，挑衅一般继续笑。

余衷情表情一点点冷下来，种种情绪归于平静。她蹲下来看着成思薇，喃喃道："是吗，你都安排这么妥当了？"

成思薇莫名有些慌乱："你想怎样？"

"如果我没有因爱生恨杀了你，岂不是太吃亏了？对不起你对我的一番布置？"余衷情漆黑的眼一瞬不瞬地盯着成思薇。

成思薇声厉内荏："余衷情，杀人是犯法的！劝你最好想都别想！"

"你逼我至此，犯法……又怎样？"余衷情说，"不如，你就替高启隽尽你身为妻子的最后一点义务吧。"

……

回忆自此戛然而止，余衷情脸上依然没有太多表情，没有后悔也没有喜悦，是尘埃落定的漠然。

"是她活该。"她低声说。

辜冬不想再继续这个话题，她的视线再度停留到谢子砚身上。

"所以，你来谢子砚病房是……"话刚说了一半，她的余光便看到谢子砚病房连接的小阳台处不知何时出现了一个黑影，有些阴森可怖。

侧目看过去，辜冬一僵。

是"高启隽"。

骤然见到"高启隽"的身影，辜冬的恐惧感便下意识自心底漫出来。几次的交锋她都出于下风，完全无计可施，虽然傅筠来夸她状态越来越稳定，但她还是没什么底气。

她警惕地退后一步，但下一秒，她注意到身旁一动不动的余衷情，来不及多想便伸出手拦在余衷情面前，做出保护的姿态，嗓音紧绷冲她喊："衷情姐，你快走！"

余衷情将手搭在辜冬的手臂上，将其拉开："没关系，他不会伤害我的。"

"衷情姐？"

余衷情冲那个"高启隽"露出了一个很淡的微笑："他不会的。"

情急之下，辜冬不得不道出实情："他不是人类，衷情姐你知道我的，我有预知生死的能力，你要相信我！他现在不是人类！"

"我知道。"余衷情打断她。

"什么？"辜冬一愣，突然反应不过来。

余衷情转而看向她，好像在说一件很平常的事情："我知道，他不是原本的高启隽……但是没有关系，原本的高启隽……很快就要回来了。"

辜冬不可思议，睁大眼睛："你……你说什么？"

说话间，"高启隽"慢慢朝里面走来，他很快便停在了谢子砚的床前，直直盯着谢子砚，跟那晚一模一样。

"你滚开！离谢子砚远一点！"辜冬气急，指尖溢起荧光，试图攻击"高启隽"，却被余衷情拦了下来。

"衷情姐，你干什么？"

余衷情一派平静："谢子砚反正本来快死了不是吗？你不是告诉过我的吗？谢子砚寿命不长了，就算我不动手，他也会死。"

辜冬难以置信："可他是我们的朋友！"

余衷情说："高启隽也是我的朋友。"

"高启隽高启隽高启隽，你的人生里就只有这三个字吗？"辜冬试图挣开余衷情，却被她接下来的话惊得怔在原地。

"一个男性小孩，一个女性老人，再加上三十岁左右的成思薇……现在，只差一个年轻男人，他便可以彻底复活过来。"余衷情在辜冬震惊的表情里继续说，"我不想再伤害别人了，辜冬。"

"你……你的意思是，之前那些人的死，都与你有关？"辜冬踉跄几步。

余衷情静默，长舒一口气："是。"

辜冬彻底僵住，良久，她才干涩道："为什么……"

"为了让高启隽复活。"余衷情说。

所有的点在这一刻明晰了。

辜冬张张口，好不容易才说出一句完整的话来："附身在高启隽身上的邪灵……就是你吧。"

余衷情没说话，默认了。

辜冬不敢相信，她荒谬的设想居然与现实重叠在了一起。

余衷情对高启隽有这么深的执念，深到生生衍生出邪灵来。

这是一起连锁反应。

因为她拥有预知生死的能力，并告知了余衷情，所以导致深爱高启隽的余衷情逆天改命，强行留下了高启隽的性命。因为高启隽生命的意外延续，违背轮回因果，致使他丧失灵魂。而犹不死心的余衷情，依旧想继续挽救高启隽，余衷情的执念有了意识，化为邪灵进入高启隽体内。

……

得知这一切诡异的前因后果，辜冬苦笑一声："所以你便要伤害谢子砚？伤害朋友？高启隽对你就真的这么重要不成？"

余衷情不欲再在这个问题上过多纠缠，朝"高启隽"道："别耽误了，开始吧。"

"衷情姐！"辜冬震惊。她咬牙，不再管余衷情，径直发力，指尖一抹晶亮的荧光快速而迅猛地朝"高启隽"直奔而去，但这记有力的攻击很快被"高启隽"化解。没有引路者的协助，她一个人根本无法完成。

这一举动成功惹恼了"高启隽"，他毫不留情地甩出几丝黑雾缠住辜冬的手脚，让她狠狠摔倒在地，动弹不得。

下一秒，正欲取她性命时，余衷情急急出声阻止了他。

"别，不要伤害辜冬，她不是我们的目标。"她回头看了辜冬一眼，有些不忍，"辜冬……你不该过来。"

辜冬内心越发急切，可是身体却怎么也动不了，她只能再度冲余衷情喊："余衷情，你魔障了吗？你控制不了他的！他已经不是真正的高启隽了，他只是占据了高启隽躯体的邪灵而已！他只是在利用你！"

"别说了。"余衷情说。

"余衷情你醒一醒！你到底要为了区区一个高启隽做到什么地步？他真的有这么重要吗？"

辜冬眼睁睁地看着"高启隽"掌心溢出黑雾朝谢子砚眉心飞去，却一点办法也没有，她无法无动于衷地看着自己的好朋友伤害另一个好朋友。

"衷情姐……别……别这样……"她不断哀求着，急得用脑袋不断往地上撞去。

"谢子砚……谢子砚你快醒过来……你快睁开眼啊……"她泪流满面泣不成声努力嘶喊。

倏地，她像是猛然想到什么，声音忽地低下来："傅教授……你怎么还不来……"

她闭上眼，任由泪水流出来。

她从没有这么想念过傅筠来，想念他每次在自己危险的时候都会出现拯救自己，她多希望在她睁开眼的时候，傅筠来会站在自己面前，嫌弃她的力量微弱至此，居然轻轻松松来不及反抗便被邪灵"高启隽"制住。

她颤抖着睁开眼。

可惜，这次，他没有来。

随着谢子砚的脸色一点点灰败，他的灵魂被"高启隽"彻底吸收，"高启隽"身子晃了一晃。

余衷情几步走过去扶他，关切道："高先生！"

灵魂吸收完毕的瞬间，"高启隽"紧紧阖上眼，全身无力，眉头蹙起，呼吸骤停。

"高先生……"

正当余衷情面露绝望之色时，"高启隽"轻轻咳了一声，他全身萦绕的属于邪灵的黑色微光渐渐消散，与此同时，他缓缓睁开眼，凝视着余衷情。

"衷情，是我。"

屋子里，一个人喜极而泣，一个人悲伤欲绝。

|第十九章|

你还有下一世，下下世，总会有一世，你
会愿意回到我身边。

时隔这么久，再度听见他的声音，余衷情满眼的欢喜怎么也抑制不住。

"高先生，你终于回来了。"

"高启隽"就着月色含笑注视着余衷情，语调有些许奇异："为我做了这么多，你辛苦了。"

"不辛苦。"余衷情说。

"高启隽！"辜冬咬牙切齿地喊出他的名字。

"高启隽"一挑眉，神色莫名地朝辜冬的方向看过去。

辜冬低垂着头一字一顿："你把谢子砚还回来。"

"我让你把谢子砚还回来！你听到没有！"辜冬猛地抬头，通红着眼对高启隽怒目而视，她的眼泪不受控地往外涌出。

"高启隽"收了笑容，慢慢抬步停在辜冬身前，他动作有些迟缓和不自然，但终归还是走到了她身前，抬起她的下颌。

余衷情皱眉："高先生，不要伤害辜冬。"

"高启隽"微笑扭头："我不会的，你还不了解我嘛，我只不过是和她解释几句罢了。"

继而，他的视线再次集中在辜冬身上，虽然他的脸上依然带着笑意，在辜冬看来，确实无比可怖又诡异。

"还给你？"他冲辜冬笑。

辜冬死死瞪着他。

"我辛辛苦苦才复活过来，你要我还给你？你有、有没有这个道理？"他背对着余衷情，眼底隐隐有红光一闪而过。

辜冬试图挣开他的桎梏，冲余衷情喊："余衷情你清醒一点！你看看清楚！他根本就不是高启隽，他只是借着高启隽的身体成长出来的邪灵！高启隽的灵魂早就已经消失找不回来了！"

"高启隽"困惑地皱起眉，压低嗓音，以只有他们两个才能听到的声音说："我是邪灵？那你呢？你是什么东西？你以为你是什么好东西吗？不过是个人人嫌恶的怪物罢了。"

辜冬的瞳孔微微放大："你……"

"高启隽"温和地笑笑，松了手，安抚般摸摸她的头发："辜冬，别闹了，我是高启隽啊，你不认识我了？你当初……"

话音还未落下，"高启隽"整个人便僵在原地，嘴角边溢出一丝鲜血。

有轻慢的嗓音自他身后传来——

"就凭你，也敢动我的人？"

辜冬霎时热泪盈眶。

"高启隽"缓缓转过身，辜冬这才看到悬浮于他身后的那人。

傅筠来一袭黑色斗篷，高高在上垂眼睨着高启隽，一字一顿轻轻重复："就凭你，也敢动我的人？嗯？"

不高的声音隐含怒气。

每说出一个字，"高启隽"的身上便多出一个血洞，尚还不能自如地控制好身体的"高启隽"跪倒在地。

傅筠来拂开"高启隽"，停到辜冬身前，语调一如往昔的嫌弃："还活着？"

辜冬胡乱点点头，觉得自己此刻的样子狼狈得过分。

傅筠来低笑，解开了缠绕住她手腕脚腕的团团黑雾，漫不经心地斥道："真是不争气，我教你的东西，都白教了不成？"

"对不起……"辜冬有些哽咽。

"不用跟我道歉。"傅筠来淡淡说，"你只需要将别人伤你的，一一还回去就行。"

辜冬艰难地扯了扯嘴角，她透过傅筠来肩头看着余衷情将"高启隽"扶起，眼底是怎么也掩饰不住的失落和伤心。

终究，余衷情在她与"高启隽"之间，还是选择了"高启隽"。

傅筠来也循着她的视线看了余衷情一眼，此刻那个已经魔障了的女人眼里只有"高启隽"，再也容不下别的人。

"邪灵不可怕，居心叵测的人类比邪灵可怕千万倍。"傅筠来说。

辜冬勉强站起身，她径直跑到谢子砚床前去探他的呼吸，他全身冰凉，已经离世了。

泪水再度喷涌而出,心痛欲裂的辜冬犹不死心,喊着他的名字:"谢子砚,谢子砚,你醒一醒!谢子砚!"

傅筠来审视着谢子砚,说:"他已经死了。"

辜冬拼命地摇头,她还是不敢相信,不敢相信余衷情冷漠至此,居然真的用谢子砚的性命来挽救所谓的"高启隽"的性命。

她一咬牙,眼底迸发出无限的恨意,回头与傅筠来对视一眼,说着只有他们能懂的话:"开始吧,我们一一还回去。"

傅筠来一扬唇,自负而笃定:"好。"

辜冬平缓了呼吸,屏息凝神,指尖溢出白色荧光,在恨意的驱使下,这抹比之前还要凌厉冷冽的荧光带着死亡的寒意直直朝"高启隽"奔去。

"辜冬你干什么?"余衷情试图护住他,可是她身为普通人类,丝毫起不到任何作用。

傅筠来讥讽一笑,如果不是自己状态不佳的话,所谓的邪灵在他眼里不过蝼蚁。他随手挥出一道白色雾气,这雾气护住辜冬使出的荧光,使其坚不可摧。

"高启隽"见到两人合体攻击,心慌意乱,本能地往余衷情身后躲,引路者与狩猎镰刀天生就是他的公敌,他完全无法反抗:"衷情……衷情,快保护我!你死了我一定会为你报仇的……"

余衷情因为他这句话愣怔了半秒:"你说……什么?"

"高启隽"仍在苦苦哀求:"快救救我,快跟她求求情!你不是爱我吗?求你了,救救我!"

余衷情的脸色一点点白下来,她深深凝视着他,眼底藏着深深的痛楚，却终于醒悟："你……真的不是高先生，他是永远也不会这样对我说话。"

"衷情……""高启隽"还试图挽留她。

已经泪流满面绝望到失神的余衷情，死死地闭上眼不再看他。

一片荧光大盛，"高启隽"痛苦地萎缩成一团，他眼中的光芒渐渐消散，很快，那占据了高启隽躯体的邪灵被彻底驱散，在空气中灰飞烟灭。

而高启隽的躯体也再度恢复成了原本植物人的状态，很快，在没有灵魂又没有邪灵占据的状况下，他终于能正常离世。

余衷情面无表情地看着这一幕，她扯了扯嘴角，不顾身后辜冬的呼喊，径直往病房外走。

耗了这么长的时间与精力，无辜伤了这么多人的性命，终归是无用的……

"衷情。"身后，一个微弱的声音突然喊住了她。

余衷情一顿，她极快速地回头，随着这一声熟悉又温暖的声音一同出来的，还有她终于不能止住的眼泪。

静静立在她身后的半透明状的残魂，赫然是高启隽，真正的高启隽。

见到高启隽的残魂，辜冬也非常惊讶，不禁和傅筠来对视一眼。

原来，高启隽的最后一缕残魂竟一直藏在余衷情的头发里，而刚刚他躯体的重新归于平静，触动了他的现身。

傅筠来并不惊讶："你终于肯出现了。"

高启隽冲傅筠来抱歉地笑笑："不好意思，本该早早离开人世……因为我的缘故，害您这么辛苦，真是抱歉。"

傅筠来不置可否，理所应当地应下了他的歉意。

余衷情像是被钉在原地，不敢动也不敢信，浑身颤抖得像是下一秒就会倒下。她哆哆嗦嗦地开口，眼泪顺着脸颊流进嘴里，苦苦的。她不敢置信地开口："你是……真的高先生？"

高启隽温柔地朝余衷情微笑："衷情，是我。"

余衷情死死地捏住拳头，让自己不要摇晃得那么厉害。

"谢谢你……谢谢你为我做了那么多……"高启隽语调如往常一般温和，"已经足够了，放手吧。"

"我放手，你也放手。"他说。

"高先生，"余衷情固执地说，"你要是死了，高黎怎么办？高黎舍不得你，她只有你这一个亲人了。"

高启隽喟叹一声，说："是我对不起小黎……她和你一样，都是好孩子。小黎一直当你是她的姐姐，她也很喜欢你。我的存折里还有些钱，小黎知道密码……"

听了这话，余衷情脸白得如一张纸。

"如果可以的话，你替我照顾她，好吗？"高启隽问。

余衷情摇头，死死地咬着嘴唇："不，我不喜欢照顾小孩子，你还是自己照顾她吧。"

高启隽继续温和地笑笑："那也没关系，我相信她可以照顾好自己。"

"别说了！"余衷情打断他。

高启隽眉眼一派平和，他静静注视着对面的女孩。自初次见到余衷情起，他就知道，她戾气很重，稍有不慎就会迷失前行的方向。

他曾试图引她朝好的方向走，不料，却正是自己将她生生拉入歧途。

"衷情，你是个好姑娘。"高启隽说，"放手吧。"

"能再度跟你说说话……我已经很满足了。"他说，"谢谢你，衷情。"

沉默良久，余衷情终究还是没有回复他，她高高地仰着头，让那些奔涌的泪水顺着额头流向发丝。

高启隽松了口气，他看向傅筠来，示意自己准备好了。他最后留恋地看了余衷情一眼，眼含笑意，是解脱也是祝福。

"谢谢你。"身影模糊的同时，他微弱的声音再次响起。

这是早就该离世的高启隽，留给尚在人世的余衷情的最后一句话。

反反复复，说来说去，都只是"谢谢"。

坚强如余衷情，从不在外人面前流露软弱一面的余衷情，为了高启隽逆天改命的余衷情，终于如一堆沙子一般一泻而下瘫软在地。

辜冬心疼地喊她："衷情姐……"

余衷情一抖，快速拭去眼泪。

"对不起。"余衷情涩声说，不知是对谢子砚说的，还是对辜冬说的。

看着余衷情的背影跟跟跄跄消失在视线里，辜冬颓然地苦笑一声："可惜谢子砚还是死了，不会再回来了。"

傅筠来轻轻笑了笑，再度扫了谢子砚一眼，说："这个姓谢的人类，或许不会死。"

"你说什么？"辜冬一惊。

傅筠来凝神说："'高启隽'还没来得及将谢子砚的灵魂完全吸收。"

整个房间光芒大盛，在傅筠来的指引下，透明的灵魂自呼吸全无的"高启隽"身体里缓缓出来，自然而然地回归于谢子砚的身体里。

谢子砚灰白的脸色一点点有了血色，他的灵魂被重新注入，完全契合的那一刻，他重新有了呼吸和心跳。

虽然床上的人尚未醒来，辜冬已然喜极而泣。

"谢谢你，谢谢你，傅教授——"

她刚一回头，就看到傅筠来倚着墙壁缓缓滑落在地，他弯腰吐出一大口黑血，转眼间，那黑血便覆盖了他脚下一片，刚才的强撑终于耗尽了他的全部力量。

从没见过他吐这么多血，辜冬惊慌失措，讷讷地站在原地不敢靠近："你怎么了？刚刚不是还好好的吗？"

"没事。"

傅筠来笑笑，试图擦掉唇畔的血却发现自己已经没有了抬腕的力气，他不以为意地说："要死了而已。"

"要……死了？"

辜冬几乎不敢相信自己的耳朵，她声音不自觉带着颤音："你怎么可能会死，你是引路者，长存于世的……别开玩笑了，不好笑，一点也不好笑。"

"对，原本的确是这样。"傅筠来说。

"那现在是怎么回事？"辜冬问。

傅筠来看着她，狭长的眸微微一眯，他一弯唇，却忽然不急不缓地说起了另一桩事："你知道吗，我已经找了你二十年。"

辜冬一愣，浑身一阵寒意，傅筠来的口气……像是要交代后事。

傅筠来苍白地笑笑："二十年，说长不长，说短也不短，跟我经历过的千百年相比，委实算不了什么。"

"你那日说不再回到我身边时，我仔细想过了，即便你此生不愿意回到我身边也没有关系，"他垂眼低笑，依然一副傲慢不可一世的样子，"你是人类，与原本的狩猎镰刀已经彻底融为一体了，你还有下一世，下下世，总会有一世，你会愿意回到我身边。"

辜冬说不出话来，她咬紧嘴唇不让自己再度哭出来，她想要抱一抱他，却没有这个勇气。

"只可惜，我怕是等不到那个时候了。"傅筠来叹息一声。

"为什么？"

傅筠来一默，继而自嘲地笑开："无非是因为这二十年来，我一直维持着人类的状态，内里损耗太严重了……其实这也没什么，至少我找到了你。"

他不以为意继续说："再加上给灵魂引路本就是我的职责，之前的三桩死亡意味着我已经失职了三次，估计，这是老天的惩罚吧。"

辜冬摇摇头，哽咽："我是说，你为什么要找我？"

傅筠来微怔，良久才含笑说："你不在我身边，岂不是无趣得紧？"

　　辜冬一默，眼泪再也忍不住夺眶而出。她还是不信傅筠来的说辞，总觉得他是在骗自己，他怎么可能死呢？

　　傅筠来有些嫌弃地看她一眼，嗓音哑得可怕："别哭，生离死别本就是常事，有什么好哭的？"话虽如此，他试图伸手擦一擦她的泪，却终究无能为力。

　　辜冬擦掉眼泪："嗯，我不哭。"

　　傅筠来声音里带了点笑意："这才是我的乖镰刀。"他一顿，"我并没有存心隐瞒你，没料到现在的后果，是我不对——"

　　他又连续不断地咳了好久。

　　"事已至此我没什么好解释的，左右我现在快死了，"他语气听起来有些宠溺和无奈，"你就当两两抵消了吧。"

　　辜冬拼命地摇头，感觉自己全身都在微微发抖，嗓子眼却被堵住了，说不出话来。

　　傅筠来的余光注意到自己的斗篷衣摆正在渐渐消失，心一沉："时间不早了，你该走了。"

　　他不愿让她看到他消失的那一幕……

　　辜冬却固执地蹲在原地守着他："我不走。"

　　傅筠来忍不住再度咳了起来，老半天才缓过来："你守着我干什么？"

　　"我……"她答不上来，索性心口不一道，"我想等着谢子砚醒来。"

　　傅筠来眉眼一冷，嗤了一声，随即漫不经心地说："就算我不在了，你也不许跟那个姓谢的人类过多接触，听到没有？"

　　辜冬又哭又笑："你在胡说些什么呢？你要是不在了……你要

是不在了……我就天天跟谢子砚在一起，你信不信？所以，你……你别……"

"我会吃醋。"傅筠来低低打断她，他说话从没有这么认真过。

辜冬一颤。

傅筠来的身影渐渐模糊，随着黎明的来临，黑色的斗篷以肉眼可见的速度消失在空气里，露出属于人类傅筠来的精致眉眼，苍白到几近透明。他唇畔微微噙着笑，狭长的眼一瞬不瞬地凝固在她身上。

深情而缱绻。

"傅教授……"辜冬伸手试图触摸他，却只摸了一个空。

黎明的第一缕阳光贯穿他的身体，他却丝毫没有难受的感觉，依然一副肆意的模样。

"再见，小镰刀。"他的声音轻飘飘地消散在空气中。

……

他彻底消失的那一刻，他与她之间那种若有似无的吸引力也彻底消失了。

辜冬的手悬在半空中，迟迟不肯放下。

那日，他朝她伸出手，她却决绝地离开时，他也是这样的心情吗？

辜冬凝视着那片空气，嘴里不停念叨着："傅筠来……你个大骗子……"

"大骗子大骗子大骗子！"

没有人回应她。

她声音里是满满的湿意："你怎么这么讨厌？你欠我的还没有还清……你做了这么多对不起我的事，也护了我那么多次，我也没来得及还你……

"你可以不可以……不要消失啊……"

|第二十章|

你只有一生一世，我就索性弃了永生永世，
陪你一生一世。

醒来的时候，外头依然漆黑一片。

辜冬躺在病床上，脑子蒙了几秒才反应过来，十几个小时前，她悲伤过度在谢子砚的病房晕了过去，估计是被医生护士发现，将虚弱的她救了过来。

她起身，这才发现自己浑身上下都是酸痛的，但还是强打着精神去谢子砚病房。

谢子砚还在沉睡，看起来安然无恙。

她茫然地四处张望，这间病房一如往昔，干净无比，没有血渍，没有战斗过的痕迹，昨夜的种种好似只是她的一场幻梦。

但紧接着，她红肿的眼睛提醒了她，那不是梦。

傅筠来的确离开了。

她心底一阵钝痛，刚打算离开，谢子砚却掀了掀眼皮，悠悠醒来看着她。

"小咕咚？"

他的眼神有些复杂，但这种复杂很快就隐去。

辜冬一停，随即弯了弯唇："这么晚你怎么醒来了？渴不渴？"她主动给他倒了杯水。

谢子砚坐起身，随手抓过一个枕头往身后一垫，接过她倒的水，调笑道："今天这么热情？有愧于我？还有，你怎么会这么晚来看我？"

辜冬扯了扯嘴角："哪里有愧于你？"

她当然无法告诉他十几个小时前发生的种种，只好随口解释了几句，转移话题说："你怎么样？感觉身体好些了吗？"

"你还不知道我的状况嘛，得过且过。"他轻笑，随即垂眼喝水。

辜冬静静看着谢子砚，暗暗松了口气，虽然损失惨重，至少谢子砚安然无恙。

简单地聊了几句后，辜冬便打算离开。

她扫了眼病房里的挂钟，显示着现在快零点了。

她收回目光，不去想傅筠来往日的这个点会一袭黑斗篷来找自己这回事，急急往外走。刚刚迈出病房一步，她霎时变得僵硬，全身力道一松。

"哐啷"一声，她摔倒在地上。

辜冬蒙了，她想爬起来却猛然发现自己的手脚都不听使唤了，随后的她便这样动也不能动地直挺挺躺着看天花板。

她脑子里犹自一片混乱，不知道究竟发生了什么，想要呼喊，却什么声音也发不出来。

听到动静，谢子砚起身出来查看。

看到倒在门口的她时，谢子砚怔了怔，随即弯腰将她捡了起来。

辜冬愣愣的，她怎么也想不到，自己有朝一日，居然会被人捡起来。

谢子砚随手掂了掂她。

"镰刀？"他低声喃喃。

辜冬有些慌了，几乎要怀疑自己的听力出现了差错。

镰刀？什么镰刀？她怎么会突然变成一把镰刀？是镰刀就算了，为什么会这么小？她不是高级无比威风凛凛的狩猎镰刀吗？

还没想明白，她身体便晃晃悠悠地被谢子砚掂在手掌，她一颗心都要跳出来，眼前的景颠来倒去，看得她头昏眼花。

她生怕谢子砚将自己丢到垃圾桶里去，却苦于无法发出声音来为自己说一句话。

谢子砚重新躺回了床上，他的表情十分古怪，盯着她看了很久，看得她毛骨悚然。

谢子砚冲她笑了笑："你我大晚上的相遇，也算有缘分。"他掀开被子将她放好，语气罕见的温和，"睡吧。"

辜冬："……"

她觉得谢子砚一定是疯了，不然他怎么可能说出和一把镰刀有缘分这种话？

见谢子砚疲倦地再度合上了眼，辜冬便也不再多想。

已经是把镰刀了，倒不如随遇而安。

傅筠来消散，余衷情离她而去，谢子砚也即将离世……她的身边再没有别的人了。

在最后的日子里陪陪谢子砚，也没什么关系。

左右，她已经无牵无挂了。

在睡着前，她忽然又想到傅筠来消失前对自己说的话——

"就算我不在了，你也不许跟那个姓谢的人类过多接触，听到没有？"

该死的倨傲狂！

辜冬失笑，心底的难受却一寸寸扩大。

她不由得赌气般想，如果真的不想让她跟谢子砚过多接触，那他就快点出现，快点让她从镰刀的状态中恢复过来啊……

没本事……就不要说这种空话啊……

接连几日，她都被迫和谢子砚待在一起，除了他去做各项检查和大大小小的手术外，他基本都带着她在身边。

他还会时不时地跟她说话，在护士们看来，颇有些惊悚的意味，老觉得谢子砚精神不正常了，想要拿一把镰刀自杀。

"余衷情去自首了。"

某天，谢子砚突然说道。

他有一下没一下地敲着辜冬的刀柄。

"她承认是她杀了成思薇。"

辜冬闷着不说话，即便她想说也说不了，默默在心底叹息。她是无论如何也理解不了，为什么余衷情那么想高启隽活着，她真有那么喜欢高启隽吗？

　　谢子砚好似猜到了她在想什么，说："想必，你还不知道余衷情和高启隽之间的关系吧。"

　　辜冬艰难地抬起眼试图看清谢子砚的脸，却只能看到他带着些青色胡楂的下巴，他现在整个人瘦得厉害，骨头几乎要戳出皮肉了。

　　谢子砚继续说："虽然不太清楚实情，可我以前在酒吧喝酒的时候和高启隽聊过，那个时候，我还不认识你……我还不认识余衷情和小咕咚。"他兀自笑了笑，"高启隽说，余衷情是他捡来的小姑娘。"

　　辜冬愣住。

　　"其实当时我并不知道高启隽说的那个小姑娘是余衷情，我是认识了你们之后才猜到的。余衷情性子古怪，在上中学期间便树敌很多，有一次她被人约着在高启隽回家路上的巷子里打架，被高启隽看到了。"

　　是高启隽救了她？英雄救美？辜冬想。

　　谢子砚轻笑："高启隽并没多管闲事。"

　　辜冬："……"

　　谢子砚还在继续说："他并不喜欢这种爱惹是非的不良少女，所以说，他对余衷情的第一印象并不好。

　　"可有一次，酒吧有人闹事，高启隽协调未果，反而被牵连到，是当晚在酒吧喝酒的余衷情一群人帮了他，将那群闹事的人赶了出去。那时，余衷情说的理由是，嫌他们吵到她了。很有意思吧？是余衷情救了高启隽。高启隽不喜欢欠人人情，便在又一次见到她被揍时，捞起了奄奄一息的她，而那次为了捞她，高启隽被一旁还没走掉的人偷袭，失去了生育能力……高启隽说过，他的妻子一直想要生个儿子。而那次之后，余衷情消失不见，高启隽成了当初揍余衷情的那帮人嘲笑的对象。

　　"几个月后，余衷情才再度出现，她当着所有人的面赌咒发誓，高启隽的命她保下了，谁要是敢招惹高启隽，就是跟她作对。她那个时候已经是大姐大的存在，她性子倔又不怕死，这话还是很有威慑力的。"

　　谢子砚眯了眯眼陷入沉思："真可惜，我没有亲眼见到那一幕，我认识余衷情的时候，她已经收敛了不少了，再也不是当初那个肆无忌惮的她了。"

　　辜冬默然，也不知道该气恼余衷情的冲动，还是该心疼余衷情的执着。

　　余衷情就是这样一个一根筋的人，就是为了这么一句话，才硬生生逆天改命吧，为了这么一句话，不惜自己手上沾满鲜血也要复活高启隽吧……

　　余衷情本就不太在乎这些所谓的法律法规，她只在乎她在乎的。

　　可有的时候，命运就是这样作弄人。

　　谢子砚叹息一声："她去自首了也好，既然做了，就该为所作所为付出代价。"

　　辜冬从来不知道谢子砚有这么多话，居然可以一个人对着把镰刀自言自语这么久。

　　谢子砚小心翼翼地摸了摸她的刀刃："听了这么多也该累了……睡吧。"

随着时间一点点地流逝，转眼已是春分。

谢子砚再也走不了路，只能在助理的帮助下推着轮椅去外头散心。他每日都带着那把镰刀，爱惜得不得了。

助理找了处庇荫的树下，便离开了。

谢子砚拿着辜冬就着阳光仔细打量，自言自语道："都起锈了，是不是该磨一磨了？"

辜冬吓了一跳，拼命抖了抖自己的刀身，用全身表达她的抗拒。

似乎感受到了她的抖动，谢子砚一笑："算了。"

辜冬这才松口气。

谢子砚说："擦一擦应该还能用……"

"你是不是该把我的小镰刀还我了？"耳旁突然响起一把熟悉的低哑嗓音，打断了谢子砚的自言自语。

辜冬霎时浑身僵硬，虽然即便不听到这声音她也是硬的，但她就是感觉全身血液都凝固住了，动也动不了。

谢子砚惊讶地抬眸，随即淡然："你来了。"他也不犹豫，在辜冬还未反应过来时，便径直将她丢向傅筠来，"既然找过来了，就不要再丢了。"

辜冬还未从再度见到傅筠来的喜悦中反应过来就傻眼了。

傅筠来接住，掂了掂，一蹙眉："轻了。"

辜冬："……"

他径直将辜冬搁在地上，光芒一闪，她便轻轻松松恢复成之前少女的样貌。

　　辜冬第一反应不是活动活动身子，而是惊恐地看向谢子砚，她就这样在谢子砚面前恢复了，谢子砚不会觉得自己是个怪物吧。

　　谢子砚表情并没有丝毫的惊讶，他反而松了口气。

　　"我就知道是你，还好我没有对一把真的镰刀自作多情。"

　　辜冬倒是惊了一惊："你怎么会知道我变成了一把镰刀？"

　　"我早知道你不是普通人，我与你相识这么久，你以为我是傻子不成？连你的异常都发现不了？更何况，"他一顿，笑道，"更何况，那天晚上我虽然动弹不得，却仍有知觉，隐隐约约听到了你们之间的谈话。"

　　辜冬这才了然："是吗……"

　　她侧目看了傅筠来一眼，他还是老样子，脸色苍白，莫名带着些矜贵禁欲的味道，面容儒雅斯文却偏偏透着一股若有似无的邪气。

　　唯独，看她的眼神很温柔。

　　那再度相见的喜悦渐渐淡了，被一种复杂的情绪所掩盖。她有些不知道该如何面对他，他们之间真的一笔勾销，算是和解了吗？

　　谢子砚表情严肃，抬手揉了揉她的头发："小咕咚，我愿意将你交到傅筠来手里，不是因为我对你的感情比他对你的感情浅，而是因为我活不了多久了，而他却可以陪你很久。"

　　辜冬一愣："什么？"

　　谢子砚摇摇头，不打算再细说。

　　"可以不可以，让我最后抱一抱你？"他轻笑。

　　辜冬毫不犹豫，弯腰抱住了谢子砚，声音闷闷的："当然可以。"

　　谢子砚虽然还没到骨瘦如柴的状态，但也差不离了。辜冬越发难过，小声安慰道："我会每天来看你的。"

谢子砚依旧是熟悉的语调调笑她："嗯，我死了以后也要天天来我坟前看我。"

"……好。"

"说完了？"见他们分开，傅筠来不咸不淡地问。

"嗯，说完了。"辜冬后退一步，站到傅筠来身旁，她仍然不敢和他对视。

谢子砚弯了弯唇，阖上眼闭目养神，不再看他们站在一起的画面。

"那正好。"傅筠来说。

光芒一闪，辜冬还没反应过来，便又变成镰刀的状态稳稳落入了傅筠来怀里。

"我没力气了，维持不了太久你的人形。"他说。

辜冬："……"

走出十几步远，隐隐约约还能听到谢子砚在和助理说话，助理奇怪地问他："谢总，那把镰刀呢？"

"走了。"

"走……走了？"

谢子砚边咳边笑，余光扫到傅筠来离开的背影："嗯，回到了她该回的人身边。"

……

傅筠来走一路咳一路，大概走了一个小时，才停下脚步。

他将辜冬自怀里捞出来。

"你看。"

辜冬睡眼惺忪地睁开眼看，眼前是一大片绿油油的稻田，她满脑袋的疑问，没明白他什么意思。

傅筠来也不多言，蹲下身子握紧她凑近一丛稻苗，一挥，稻苗便分成了两截。

辜冬："……"

不过割了几下，傅筠来便停了下来，他蹙眉凝视着自己的手指，随即展示给辜冬看。

"你看，你把我的手指割伤了。"傅筠来慢悠悠地说。

辜冬无语，懒得搭理他，莫名觉得这一幕有些熟悉，只觉得他肯定是故意甩锅给自己。

"你打算怎么赔偿我？"傅筠来抬眼似笑非笑地看着她。

辜冬暗暗吐槽，你莫名其妙地用我割草，还问我怎么赔偿？还有没有天理？我不是威风凛凛的狩猎镰刀吗？

傅筠来"啧"一声，苍白的嘴角微微向上扬："你本就是我的镰刀，我用你割草不行吗？不是物尽其用吗？"

辜冬呆愣愣地想：你知道我在想什么？

傅筠来抬手敲了她一记，慢条斯理地说："当然。"

辜冬想：我什么时候才会彻底恢复过来，当一把不能说话不能动的镰刀好憋屈啊。

"你想变成人形？"他问。

辜冬想：那当然啊！

"好吧，勉为其难地答应你。"傅筠来说。

他随随便便一挥手，辜冬便从镰刀变成了一个人。

辜冬："……"

只觉得自己又被他耍了一道。

终于恢复成人类的状态，她活动了下手脚，只觉得这样的她才算是正常的，正打算找傅筠来麻烦，她刚一抬头，就见他笃定地朝自己张开怀抱："来。"

辜冬一愣，毫不留情地瘪嘴拒绝："不来。"

傅筠来狭长的眸眯了眯："不来？"

辜冬磨蹭了一下，说："你还没有告诉我，你为什么……"

"为什么又活过来了？"

辜冬一震，点头。

傅筠来一默，神色莫名，他扬唇："没死成。"

"没死成？"

"嗯。"傅筠来的眉头舒展开，懒得再回想种种痛苦与不甘，轻描淡写地说，"我舍弃了引路者的永生，换了一生一世。这一生一世我仍然和平时是一样的，除了不能永生。"

辜冬愣愣地看着他："一生一世？"

"你愿意当人类，那我就陪你一起当人类，你只有一生一世，我就索性弃了永生永世，陪你一生一世。"傅筠来低声说。

"我会生老病死，我现在身体衰败成这个样子，不知道能活多久，可能是五十年，二十年，十年，甚至只有一年的命。"

他一顿，朝辜冬认真道："小镰刀，你可愿意陪我过这一生一世？"

辜冬眼眶蓦地一红，她不知道傅筠来该多拼才能换来现在的一生一世。

她沉默了几秒："要是我说不愿意呢？"

傅筠来微怔，他一抿唇，冷道："你可以试试看。"

辜冬只觉得他这副自负的样子越发讨厌得紧，可心底的喜欢也在一圈圈扩散，几乎要将她的心脏占满了。

她不答他，索性生气地喊："千年老骷髅！"

傅筠来笃定地笑了笑："小镰刀。"

辜冬委屈地白他一眼："千年老骷髅！"

傅筠来笑意更深："小镰刀。"

辜冬声音变得哽咽："千年老骷髅……千年老骷髅千年老骷髅！我爱你。"

傅筠来轻轻吻上她湿润的双眸，一寸寸温柔无比。

"小镰刀，我爱你。"

|番外一 毕业季|

又是一年毕业季，辜冬的大学生涯走到了尾声。

拍完班级合照后，辜冬和一群同学叽叽喳喳地在校园各个角落里找景拍照——

"来来来，帮我在这个位置拍一张，记得把我拍得显瘦一点！"辜冬边招呼着边摆好姿势，嘴角扬出合适的弧度，口里还在不停说着，"怎么样，这个位置光线好不好？"

伴随着欢声笑语，辜冬和几个相处得不错的同学一连拍了好几张。正打算转移去操场拍上几张时，有眼尖的同学惊呼了一声："哎，你们看，那是不是傅教授？"

骤然听到这个名字，辜冬有些惊讶，循声望过去，只见傅筼来果真站在不远处，正在和其余的任课老师寒暄。他看上去一如既往的儒雅斯文，侧脸轮廓流畅分明，只是脸色稍显苍白了些。

辜冬撇撇嘴收回目光，明面上表示不屑一顾，心底却有些甜，总觉得傅筠来是来看她的。虽然昨天她邀请他时，他明明白白地表示了，对她的毕业典礼没有兴趣。但是嘛，他心口不一地边嫌弃她边关心她也不是第一次了。

好几个月没见傅筠来出现在学校，同学们有些兴奋。

在大家的怂恿下，好几个同学跑过去邀请傅筠来一同和他们拍照留念，却遭到了拒绝。

站在辜冬一旁的室友有些失望："啊……好久不见傅教授，他还是这么冷淡啊，我们好歹是他带过的学生，连拍张照都不肯。"

辜冬说："我去问问看。"

室友怀疑地看她一眼："班长去问都不行，你去问他难道就会答应吗，我才不信。"

辜冬不服气地哼哼："你怎么知道不行？"

辜冬带着些不可言说的小窃喜巴巴跑到傅筠来身旁，拉了拉他的衣袖。

"傅教授。"

傅筠来一顿，和任课老师们简单地结束了对话，这才不紧不慢地开口："怎么？"

见任课老师们被别的同学拉去合影了，辜冬才说道："傅教授，"她的眼睛弯成月牙状，娇憨又可爱，"可以赏脸和我们班同学拍个合照吗？"

傅筠来睨她一眼，嗓音稍显低哑："合照？"

辜冬忙不迭点头，伸出一根手指："嗯嗯，一张就好。"

"合照里也有你吗？"傅筠来慢悠悠地说。

"当然啊。"辜冬说，"我们班的合照，我当然也在里面。"

傅筠来似笑非笑地看着她："好。"

"就一张。"他说。

见傅筠来果真朝他们的方向走过来，室友目瞪口呆不敢相信自己的眼睛。

辜冬扬扬得意地对室友小声说："怎么样？服不服？愿赌服输，记得把欠我的一顿饭还了。"

室友有些不可思议，扯住她问："你快告诉我你是怎么做到的？傅教授欠你钱不成？他什么时候这么好说话了？"

辜冬憋了憋，忍不住"扑哧"一声："你这样背地里说傅教授坏话真的好吗？"

室友讪讪笑："我们是一个战线的嘛，反正傅教授又不会知道。"

辜冬笑嘻嘻的，又偷偷瞄一眼被同学们围住的傅筠来，小声说："你怎么知道我是不是和他一个战线呢……"

有一就有二，拍完大合照后，又有同学兴冲冲地拉住傅筠来要求拍单独的合影。

傅筠来一蹙眉，看起来有些不耐烦。

辜冬一惊，不太想在这个时候扫了大家的兴，便对傅筠来放软嗓音说："傅教授，傅教授，你人这么好，肯定不会拂了大家一番好意的是不是？"

傅筠来见她挤眉弄眼模样滑稽得很，心底好笑，这才勉为其难地应道："嗯。"

辜冬雀跃，越发得寸进尺："不如和每个人都拍一张吧？"

傅筠来居然没有面露不悦，要笑不笑地再度扫她一眼，默认了。

直到拍起单独的合影来，辜冬才明白傅筠来的默认意味着什么。傅筠来明显是为了报复她，和每一个人拍照都拉上了她一起，让她硬生生插在傅筠来与想要合影的同学中间。

辜冬欲哭无泪，感觉自己像个十足的电灯泡，这种情况下，同学们当然不会怀疑到傅筠来头上。

其中一个等着和傅筠来拍照的女同学有些不满地对辜冬说："辜冬，你也不用每张照片都蹭吧？你要是想和傅教授合影，等会儿单独拍就行啊。"

辜冬赶紧摆摆手："我这就出来……"

话还没说完，就被傅筠来拉住手，只见他慢悠悠地揉揉她的头顶："好了乖，吃醋就直说，我不会介意的。"

辜冬瞪大了眼睛："喂喂喂？谁吃醋？"

傅筠来笑得更温和了几分，字里行间的深意却让辜冬一个哆嗦："别闹了，带你一起拍照好不好？"

辜冬干笑："你……你太客气了，真不用！"

傅筠来笑容加深，双眸微微眯起，俯身凑近她几分："那……回去以后单独和你拍，想拍多少拍多少，补偿你？"

辜冬："……"又被甩锅了！好气啊！

见他们这么亲昵，质问辜冬的女同学一脸懵逼。

辜冬的八卦室友第一时间反应过来："辜冬，傅教授……你们不会是在一起了吧？"她一脸震惊，脑子转得飞快，"难不成，傅教授你当初来我们这儿上课时说要找的人，就是辜冬？"她一拍手掌，得出答案，"你早有预谋是不是！"

此话让周围一众同学都惊了一惊。

傅筠来微微一笑，将手臂搭在辜冬肩膀上，毫不掩饰地说："是，为了让她来到我身边，我早有预谋。"

见傅筠来大大方方承认了，辜冬一愣，直直地看着他，手心开始微微冒汗。

同学们了然地哄笑起来——

"亲一个！"

"亲一个！"

"亲一个！"

众目睽睽之下，辜冬又羞又恼，不想搭理他们的套路，却又不甘示弱选择躲避，她眼神躲闪了一下，不开心地对傅筠来说："都怪你，当着大家的面胡说什么……烦死了烦死了，他们都在起哄哎。"

傅筠来深深看着她，慢条斯理地问："所以呢？"

辜冬脸颊一红，瘪着嘴白他一眼，讨厌他的明知故问。她眼睛亮晶晶的，像是藏着一颗颗小星星。她半赌气半期待地说："哎，傅教授，那你可以不可以……亲我一下呀？"

傅筠来蓦地一笑，扬起半边嘴角，眼底冒出些愉悦的情绪来："嗯，既然你说了。"

　　他无视周围无数的电灯泡，自动过滤了那些吵闹的声音，一手拥住她的腰，一手微微抬起她的下颌，含笑轻轻俯首。

　　"当然可以。"

|番外二 问你，可以不可以|

已是春末夏初，外头阳光和煦，暖意融融。

谢子砚艰难地睁开眼睛，动了动手指，这才意识到手边空空，小镰刀早已不在他身边了。此时他全身插满了管子，病床边心电监控仪发出缓慢的嘀嘀的声音，吵得他头疼。

他在心底叹息一声。

现在时辰还早，小咕咚还没有来。她很信守承诺，答应了每天都会来看他，便果真每天晚饭后都会来探望他，和已经说不出几句完整话的他聊上一阵子。

就像她以镰刀状态待在他身边时，他对她说话那样。

她大概不知道，在镰刀状态时，她的开心难过都会使得刀刃轻微的变色，让人可以清楚地感受到她的情绪，可爱得紧。

他弯了弯唇。

病房门被轻轻推开，助理走了进来，见谢子砚已经醒了，他舒口气小声对他说："谢总，老谢总和夫人已经买了从美国过来的机票了，大概今晚就能到，很快您就能见到家人了。"

见谢子砚面无表情不发一言，知晓他跟一直长居国外的父母并不算熟络，助理又尴尬地再度开口："要不，我给您接着放放音乐吧？还是说您今天想听听广播？"

谢子砚轻轻抬了抬手，指向不远处小沙发上的物什，助理了然，将辜冬送来的布偶镰刀递到谢子砚手边："哎，谢总啊……您打起点精神来吧……不能只辜小姐过来的时候才有精神啊……"

谢子砚眉头不耐烦地蹙了蹙，兀自攥紧那布偶镰刀。

"出……去。"他低声说。

知道这些话谢子砚不爱听，助理不再说话了……叹口气，默默走了出去。

谢子砚静默地摩挲着布偶镰刀的纹路，轻轻笑了笑。

这个布偶是辜冬前天送给他的，那天，还没进门就听到她兴奋的声音："谢子砚谢子砚，你猜我给你带来了什么好东西！"

她进了门，将布偶递到他眼前，努力在他面前露出最好看的笑脸："好不好看？外面商店里没有这种款式卖的，毕竟我是镰刀嘛……那什么，我是说我原来是一把镰刀，所以就照着自己画了款式，找店子加急做出来的！是不是超可爱！送给你！看到它你就想起我啦！"

谢子砚朝辜冬身后扫了一眼。

　　注意到他的视线，辜冬了然："你是在看傅教授吗？他没来。他身体也不太好，嫌弃医院太远，不想动。再者，他在的时候我也有点尴尬，不好跟你说话。"她笑着给他掖了掖被子，故意嫌弃傅筠来，"哎，我们认识那么久了，有那么多秘密，才不说给他听呢。"

　　谢子砚笑笑："……好。"

　　他手指动了动，辜冬立马麻利地将布偶镰刀塞到他手里。

　　他勉强抬起手，细细摩挲着布偶镰刀。

　　傅筠来不来，其实是觉得自己已经构不成威胁了吧。

　　辜冬还在自顾自安慰他："哎，谢子砚，我觉得你今天气色比前几天好多了！你每天按时吃药，说不定真的可以好起来的。"

　　他深深凝视着辜冬，轻轻点了点头。

　　辜冬笑了笑，说："对了，忘了告诉你，傅教授跟我求婚了。"她甜蜜又害羞，"不过我还是想毕业以后再……"

　　她一顿，笑容有些淡下来，紧接着她认真地看着他："谢子砚，你是我最好的朋友，你也知道，衷情姐是不能来了，所以你一定要快快好起来，然后来参加我的婚礼，好不好。"

　　谢子砚脸上的微笑没有一丝一毫的变化，他启唇："……好。"

　　辜冬勉强笑了笑，不再继续这个话题："那就好。"

　　好，当然好。

　　如果可以的话，我当然要来亲眼见证你的幸福。

　　没有人比我更想看到你幸福。

即便那个人，不是我。

可是，小咕咚。

真糟糕。

他从前日里这段回忆中回过神来。

他感觉全身上下有什么东西在快速地流逝，疼痛感已经消散，处于无知无觉的状态。大概，生命已经彻底进入了倒计时了吧。

不过还好，还好现在不是零点之后，不必看到他最喜欢的小咕咚和傅筠来一起来引他的魂的样子，也不是晚饭过后，小咕咚还没有来看望他，不然……她肯定会哭鼻子的。

十秒、九秒、八秒……

他意识开始涣散，思绪无边无际飘荡，忽然回想起一个月前的某个疼痛难忍的深夜，自己自言自语对镰刀状态的辜冬说的话。

七秒、六秒、五秒……

"你说，我可以不可以，跟小咕咚告白？"那时候他突然轻声问镰刀。问出这句话的时候他心跳有些微微加速，他觉得好笑，感觉久经情场的自己就像一个情窦初开的青涩男生一样。

长久的沉默，镰刀一点反应也没有，估计她已经睡着了。

四秒、三秒、两秒……

"嗯，我知道答案的。"他的一颗心渐渐往下坠，他似叹似笑，重新阖上了眼睛。

"当然不可以。"

一秒。
布偶镰刀脱手而出，咕噜咕噜滚到了地上。

狐桃君的秘密会客室

▼

Hi！大家好，我是全宇宙最可爱的狐桃君。

《问你可以不可以》中死神傅筠来和小镰刀辜冬要继续他们的使命了，甜蜜又吵闹的旅程对他们而言，才刚刚开始。

嗯，作为电灯泡的我们还是不要打扰他们了……

手动翻页——

我的下一个故事是一组破案搭档的故事，男主之一梁又声原本是神探，后因故离开了原本的职位成为一名保镖。男主之二夏时鱼则是聘用了保镖梁又声的富家少爷，他们之间因为种种原因一同卷入神秘案件之中……兄弟情谊由此展开！是不是很棒！

这样的两个人，也不知道会碰撞出怎样的火花，想一想，居然有点小期待诶！

现在，问题一来了，你们希望两位男主角分别是什么性格呢？

腹黑保镖 VS 话痨少爷

热血神探 VS 冷峻公子

忠犬保镖 VS 傲娇少爷

毒舌神探 VS 温柔公子

……

CP 方式随机组合，由你来定哟！

如果你想好了问题一的答案，那么，问题二来了——

既然他们是破案组合，那么各种诡异离奇的案件自然是少不了了，与案件相关的精彩配角也少不了，比如：

1. 多重人格的京剧女名伶

2. 背景深厚前途坦荡却偏要一意孤行的流浪背包客

3. 疯狂追星并为此豪掷千金的纯洁小白兔女学生

……

以上举例的角色里，你们最喜欢谁呢？希望谁的戏份更重一点呢？

除了他们外，你们更希望看到什么样的角色出现，来促进男主角与男主角之间的破案默契呢？

我们一起为他们的破案之旅出谋划策吧！

爱你们，手动比心！

图书在版编目（ＣＩＰ）数据

问你可以不可以 / 狐桃君著. -- 贵阳 : 贵州人民出版
社, 2017.7（2020.1重印）
ISBN 978-7-221-14116-3

Ⅰ.①问… Ⅱ.①狐… Ⅲ.①长篇小说－中国－当代
Ⅳ.①I247.5

中国版本图书馆CIP数据核字(2017)第096172号

问你可以不可以

狐桃君　著

出版统筹	陈继光
选题策划	大鱼文化
责任编辑	陈继光　肖锦汉
特约编辑	菜秧子
封面设计	刘　艳
内页设计	米　籽
封面绘画	Lxm梅子
出版发行	贵州人民出版社（贵阳市观山湖区会展东路SOHO办公区A座 邮编：550081）
印　刷	三河市华东印刷有限公司
开　本	880×1230毫米 1/32
字　数	156千字
印　张	8
版　次	2017年7月第1版
印　次	2017年7月第1次印刷 2020年1月第2次印刷
书　号	ISBN 978-7-221-14116-3
定　价	35.00元